सौरभ शुक्ला

जन्म : 5 मार्च, 1963 को (गोरखपुर, उत्तर प्रदेश)।

2 वर्ष के थे जब इनका परिवार दिल्ली आ गया। माँ जोगमाया शुक्ला (भारत की पहली महिला तबलावादक)।

पिता श्री शत्रुघ्न शुक्ला, आगरा घराने के गायक।

शिक्षा : स्कूली व स्नातक तक की शिक्षा खालसा कॉलेज, दिल्ली से ही। 1984 से थिएटर में आने के साथ करियर की शुरुआत। 1986 में 'अ व्यू फ्रॉम द ब्रिज' (आर्थर मिलर), 'लुक बैक इन एंगर' (जॉन ऑब्सर्न) और 'घासीराम कोतवाल' (विजय तेंदुलकर) नाटकों में काम।

1991 में नेशनल स्कूल ऑफ़ ड्रामा की प्रोफेशनल शाखा एनएसडी रंगमंडल कंपनी का हिस्सा बने, जिसके एक साल बाद ही इनके काम से ख़ुश होकर शेखर कपूर ने इन्हें अपनी फ़िल्म 'बैंडिट क्वीन' में ब्रेक दिया।

इस बीच दूरदर्शन, जी टीवी सहित अनेक टीवी सीरियलों में पटकथा-लेखन व एक्टिंग का काम लगातार जारी रहा। 1998 में 'कल्ट क्लासिक' फ़िल्म 'सत्या' का सह-लेखन रामगोपाल वर्मा के साथ किया और उसके गैंगस्टर 'कल्लू मामा' का अविस्मरणीय किरदार भी निभाया।

इसके लिए उन्हें अनुराग कश्यप के साथ 'बेस्ट स्क्रीनप्ले' का अवार्ड भी मिला। इसके बाद 'ताल', 'बादशाह', 'मोहब्बतें', 'ये साली ज़न्दिगी', 'आरक्षण', 'बर्फी', 'गुंडे', 'जग्गा जासूस' और 'रेड' जैसी फ़िल्मों में अहम किरदार निभाए।

बर्फ़

सौरभ शुक्ला

राजकमल पेपरबैक्स

राजकमल पेपरबैक्स में
पहला संस्करण : 2019
आवृत्ति : 2025

राजकमल पेपरबैक्स : उत्कृष्ट साहित्य के जनसुलभ संस्करण

राजकमल प्रकाशन प्रा.लि.
1-बी, नेताजी सुभाष मार्ग, दरियागंज
नई दिल्ली-110 002
द्वारा प्रकाशित

शाखाएँ : अशोक राजपथ, साइंस कॉलेज के सामने, पटना-800 006
पहली मंजिल, दरबारी बिल्डिंग, महात्मा गांधी मार्ग, प्रयागराज-211 001
1, अनमोल सोराबजी सन्तुक लेन, धोबी तलाव, मरीन लाइंस, मुम्बई-400 002

वेबसाइट : www.rajkamalprakashan.com
ई-मेल : info@rajkamalprakashan.com

बी.के. ऑफसेट
नवीन शाहदरा, दिल्ली-110 032
द्वारा मुद्रित

मूल्य : ₹199

BARFF
Play by Saurabh Shukla

ISBN : 978-93-88753-00-5

प्रस्तावना

बेहद ठंड, शान्त वातावरण और डॉक्टर सिद्धार्थ कौल नितान्त अकेले। चारों तरफ़ से बर्फ़ से ढकी कश्मीर की घाटियों में कहीं फँसे हुए।

फ़ोन पर नफ़ीसा डॉक्टर सिद्धार्थ कौल से निवेदन कर रही है कि वो उसके बीमार बच्चे को देखने जल्दी उसके घर आ जाएँ। नफ़ीसा का पति ग़ुलाम रसूल, परेशानी की हालत में डॉ. कौल से मिलता है। उनका बच्चा बहुत बीमार है, मरने की हालत में है। उसे डॉक्टर की ज़रूरत है। डॉक्टर कौल उनके घर जाने के लिए तैयार हो जाते हैं।

रसूल का घर श्रीनगर शहर से बहुत दूर है, रास्ता बहुत लम्बा है। गाड़ी गाँव की तरफ बढ़ रही है, अचानक रसूल कार को कहीं बीच में रोक देता है। वह कहता है कि आगे का रास्ता पैदल ही तय करना होगा। उसके घर तक जाने के लिए कोई पक्का रास्ता नहीं है। डॉक्टर कौल के लिए यह सब बिलकुल नया अनुभव है। थोड़ी देर में वो एक उजड़े हुए गाँव में अपने को अकेला खड़ा पाते हैं। यहाँ दूर-दूर तक इनसान के होने का संकेत नहीं मिलता, और अब तूफ़ान आने की सम्भावना के साथ रात और गहरी होती जा रही है। अचानक डॉक्टर कौल को पता चलता है कि वो एक उजड़े हुए गाँव में हैं। आतंकवादी हमले के ख़तरे की वजह से तीन साल पहले गाँव के लोग, अपना घर-बार सब छोड़कर चले गए थे। अब यहाँ सिर्फ़ एक घर है जिसमें

तीन लोग रहते हैं—ग़ुलाम रसूल, उसकी पत्नी और उनका बच्चा।

लेकिन असली झटका तो अभी मिलना बाक़ी है। घर के अन्दर परेशान पति-पत्नी डॉ. कौल को बच्चे के पास ले जाते हैं। डॉ. कौल को विश्वास नहीं होता। डॉ. कौल क्या, इस बच्चे को ठीक करना किसी भी इनसानी डॉक्टर के बस की बात नहीं। ये बहुत विचित्र और अजीबोग़रीब बात है कि ये पति-पत्नी सामने पड़ी जिस चीज़ का इलाज करवाना चाहते हैं, और जिसे वो 'अपना बच्चा' कह रहे हैं, वो दरअसल एक खिलौना है।

उस दिन, उस वीरान घर में बिताई रात तीनों लोगों को एक-दूसरे के क़रीब ले आई थी जिसने सच्चाई और विश्वास के प्रति कई सवाल पैदा कर दिए थे।

उस घर से जाने के बाद भी बुरी चीज़ों ने डॉक्टर कौल का पीछा नहीं छोड़ा। अन्त में यह भयावह अनुभव डॉक्टर कौल के लिए उनकी अस्तित्ववादी एवं आध्यात्मिक यात्रा का कारण बनता है, जो उन्हें दूसरी दुनिया के सच से रू-ब-रू कराता है।

अपने युवा काल में जब मैं कला को जीवनी का आधार बनाना चाहता था, तब बहुत सारे लोग मुझसे नाराज़ हो गए थे। उनका मानना था कि मैं बहुत बड़ी ग़लती कर रहा हूँ। वो मुझे यह समझाना चाहते थे कि ज़िन्दगी को जैसे मैं देखता हूँ वो वैसी नहीं है। एक कलाकार के रूप में जब मैं काम करने लगा, यह सिलसिला तब भी चलता रहा, क्योंकि बहुत लोगों को लगता था कि मुझे कला के सच्चे रूप के बारे में कुछ नहीं पता है।

आगे करियर के रास्ते में, आमतौर पर मुझे यह सुनने को मिलता कि "किसी भ्रम में मत जियो, सच्चाई इससे बहुत अलग है।" ऐसा कोई रिश्ता नहीं था जो इससे अछूता हो।

मुझे पता था कि मैं भी उनके साथ वैसा ही कर रहा हूँ। बाद में मुझे एहसास हुआ कि मेरे अन्दर भी उनके विचार को समझने की क्षमता नहीं थी। आमतौर पर ऐसा होता है कि लोग

दूसरे के विश्वास को बदलने की कोशिश करते हैं, जिसके बारे में वो ख़ुद बहुत नहीं जानते।

किसी हिन्दू के लिए गाय का मांस खाने वाला पापी है तो कोई मुस्लिम, सूअर खाने वालों को बर्दाश्त नहीं कर सकता। चीन में लोग बन्दर के दिमाग़ से बना पकवान खाते हैं जो शायद कोई सोच भी न सके, और अगर आप 'हवाई' में जाकर मछली नहीं खाते हैं तो आप मूर्ख समझे जाएँगे।

लेकिन यह सब एक सच्चाई है जो किसी दूसरी सच्चाई को जन्म देती है। और हम अपनी पूरी ज़िदगी एक ही तरह की सच्चाई को पकड़ कर बैठे रहते हैं, जिसका किसी और के लिए कोई महत्त्व नहीं होता। क्या वही सच है जो हम सब मिलकर एक साथ अनुभव करते हैं, या हर किसी का अपना-अपना सच होता है? क्या सच हमारे अन्दर विश्वास को जन्म देता है, या ये विश्वास है जो हमें सच दिखाता है? क्या कहीं कोई सच्चाई है या फिर ये बस किसी के विश्वास का प्रकटीकरण है?

असल में यही मेरी जीवन-यात्रा है, अपने से अलग सच्चाई को पहचानना। कम से कम मैं ऐसा सोचता हूँ।

अन्त में मैं श्री रंजीत कपूर को धन्यवाद देना चाहता हूँ जिन्होंने इस नाटक को लिखने के लिए मुझे प्रेरित किया। यह नाटक रंजीत कपूर जी के एक नाटक से प्रेरित है।

दिसम्बर, 2018 **—सौरभ शुक्ला**
मुम्बई

अनुक्रम

पात्र

डॉक्टर कौल : सौरभ शुक्ला/विनय पाठक
ग़ुलाम रसूल : सुनील कुमार पलवल
नफ़ीसा : सादिया सिद्दीकी/ज़िनिया रांझी

●

निर्माता : अश्विन गिडवानी
प्रोडक्शन हाउस : एजीपी वर्ल्ड
सेट एवं लाइटिंग : राघव प्रकाश मिश्रा
संगीत : अनिल कुमार चौधरी
मंच प्रबंधक : ज़िनिया रांझी

[इस नाटक का पहला मंचन भारंगम 2016, कमानी ऑडिटोरियम, नई दिल्ली में हुआ।]

अध्याय : एक

1

घर का रास्ता

[अन्धकार। बादलों के गरजने की आवाज़ से सभागार भर उठता है। ख़राब मौसम में तेज़ बर्फ़ के तूफ़ान का आभास। धीरे-धीरे सब शान्त हो जाता है। केवल हवा अपना एहसास कायम रखे हुए है।]

[संगीत का धीमे से प्रवेश।]

[प्रकाश। हम श्रीनगर से दो घंटे दूर एक सुनसान इलाके में हैं। ग़ुलाम रसूल टॉर्च लेकर डाक्टर सिधांत कौल के साथ प्रवेश करता है। डॉक्टर कौल हाँफ रहे हैं।]

डॉक्टर कौल : ज़रा दो मिनट रुकते हैं।

ग़ुलाम रसूल : जी जनाब।

[दोनों एक लैंप पोस्ट के नीचे ठहर जाते हैं।]

डॉक्टर कौल : अभी और कितना दूर है तुम्हारा गाँव ?

ग़ुलाम रसूल : ज़्यादा दूर नहीं है जनाब। बस सीधा ही जाना है हमको।

डॉक्टर कौल : ऊपर से जब तुमने दिखाया था तो कितना पास लग रहा था। बस लग रहा था पाँच मिनट में पहुँच जाएँगे...

ग़ुलाम रसूल : तब सूरज डूबा नहीं था ना जनाब। पहाड़ों में दिन की रौशनी में सब पास ही लगता है। (वक़्फ़ा) मैं इसीलिए

कह रहा था जनाब कि आप को आने की कोई ज़रूरत नहीं है।

डॉक्टर कौल : कोई बात नहीं।

ग़ुलाम रसूल : कोई बात कैसे नहीं जनाब। सब ठीक है। आपको ना मेरी बीवी की बात नहीं माननी चाहिए थी।

डॉक्टर कौल : लेकिन तुम्हारे बच्चे की तबीयत ख़राब है तो...

ग़ुलाम रसूल : कुछ हुआ नहीं है जिगरा को। छोटा है ना, तो सर्दी में नज़ला–ज़ुकाम तो लगा ही रहता है।

डॉक्टर कौल : लेकिन तुम्हारी बीवी तो कह रही थी कि...

ग़ुलाम रसूल : नफ़ीसा की तो आदत है बात का बतंगड़ बनाने की। पर उसको भी क्या बोलूँ। हर माँ को फ़िकर होती है अपने बच्चे की। जिगरा छींके तो भी तूफ़ान आ जाता है हमारे घर में।

डॉक्टर कौल : मैं समझ सकता हूँ।

ग़ुलाम रसूल : मैं भी समझता हूँ जनाब। पर जीना हराम हो जाता है...घर पे रहो तो रोटी के लाले और काम पर निकलो तो हल्ला मच जाता है। जिगरा की तबीयत ख़राब है...घर आ जाओ...किसी डॉक्टर को ले आओ...*(वक़्फ़ा)* कैसे समझाए कोई औरतों को। काम काम होता है। उसमें वकत (वक़्त) लगता है। यहाँ कश्मीर में वैसे भी काम नहीं मिलता आसानी से। वो तो भला हो सिकन्दर भाईजान का, जो अब भी नौकरी पे रख्खे है मुझे। जबकी जानता है, मैं तो श्रीनगर में रहता भी नहीं...आए दिन ग़ायब हो जाता हूँ डूटी *(ड्यूटी)* से...हर बार बोलता है...ग़ुलाम बस अब तेरी नौकरी ख़तम (ख़त्म)...फिर मैं तरले करता हूँ तो रहम खा कर दे देता है टैक्सी चलाने को...पिछले पन्द्रह दिनों से बैठा था मैं घर पे...नफ़ीसा के ख़लल

के चक्कर में...कल खाना बना नहीं तो आज निकलना पड़ा...आपने तो देखा ना जनाब कितना ख़राब है रस्ता यहाँ से शहर का...ढाई घंटे से ऊपर लग गए हमें यहाँ पहुँचने में।

डॉक्टर कौल : वाकई बहुत दूर है ये जगह।

ग़ुलाम रसूल : जहाँ ऊपर हमने गाड़ी खड़ी की ना...वहाँ सुबह सात बजे आर्मी की सप्लाई का टरक *(ट्रक)* जाता है...जैसे-तैसे तो मिन्नतें कर के मैं श्रीनगर पहुँचा...एक तो मौसम भी नहीं है टूरिस्ट का, ऊपर से ख़ुदा की मार...आज ही बम फटना था लाल चौक पे...पता नहीं जनाब आप कैसे मिल गए मुझे!

डॉक्टर कौल : हम लोग यहाँ एक सेमिनार के लिए आए थे।

ग़ुलाम रसूल : किसके यहाँ आए थे?

डॉक्टर कौल : किसके यहाँ नहीं...हम लोग एक मेडिकल मीट के लिए आए थे...

ग़ुलाम रसूल : मीट खाने आए थे आप कश्मीर में...

डॉक्टर कौल : *(हँसते हुए)* नहीं नहीं मीट खाने नहीं...तुम यूँ समझो कि एक मेला था डॉक्टरों का...बस उसी में आए थे।

ग़ुलाम रसूल : *(अचरज से)* मेला लगता है हमारे कश्मीर में डॉक्टरों का?

डॉक्टर कौल : हाँ मेला ही कहेंगे...साल में एक बार दुनिया भर के डॉक्टर किसी ख़ूबसूरत जगह इकट्ठे होते हैं और बैठकर बदसूरत बीमारियों की बातें करते हैं।

ग़ुलाम रसूल : ऐसा क्यूँ करते हैं आप लोग?

डॉक्टर कौल : इट्स अ रिर्सच थिंग...बेसिकली टु फाइंड द रेमेडीज़... *(अचानक एहसास होता है कि ग़ुलाम रसूल अंग्रेज़ी नहीं समझता है)*...ताकि हम लोग सभी बीमारियों का

इलाज ढूँढ़ सकें।

ग़ुलाम रसूल : आप तो ख़ुदा के बन्दे का काम करते हो जनाब...

डॉक्टर कौल : *(हँसते हुए)* हाँ बस...तो लाल चौक पे बम फटा और सेमिनार कैंसल हो गया...सुना कर्फ़्यू लगने वाला है... मुझे लगा कि अगर कर्फ़्यू लगा तब तो सारा दिन होटल के कमरे में ही बन्द रहना पड़ेगा...इसीलिए डल लेक के किनारे टहलने निकला था...

ग़ुलाम रसूल : ...और मैं आप के पीछे पड़ गया।

डॉक्टर कौल : हाँ...और तुम मुझे मिल गए।

ग़ुलाम रसूल : जनाब मुझे मालूम है...आपको तो घूमना नहीं था...वो तो मेरी हालत देखकर आपको रहम आ गया।

डॉक्टर कौल : नहीं-नहीं ऐसा नहीं है...तुमने अच्छे से घुमाया मुझे श्रीनगर।

ग़ुलाम रसूल : अच्छे से कहाँ घुमा पाया मैं आप को...सुबह से तो फ़ोन बजना चालू हो गए इसके...मेरी तो क़िस्मत ख़राब है...आप जब चश्मेशाही पे फ़ोटो खींच रहे थे तो मैंने सोचा दो मिनट बात कर लेता हूँ नफ़ीसा से....फ़ोन लगाया ही था कि आप पता नहीं कब पीछे आकर खड़े हो गए और सारी बातें सुन लीं...

डॉक्टर कौल : तो अच्छा हुआ ना मैंने सारी बातें सुन लीं...अब मैं चल रहा हूँ तुम्हारे बच्चे के इलाज के लिए।

ग़ुलाम रसूल : जनाब कुछ हुआ नहीं है हमारे बच्चे को...

डॉक्टर कौल : तुम पेशे से डॉक्टर हो क्या...नहीं ना...मैं हूँ... *(वक़्फ़ा) देखो ग़ुलाम मैं मानता हूँ कि तुम्हारे बच्चे को* कुछ नहीं हुआ होगा...पर एक डॉक्टर के देखने से बात पक्की हो जाएगी कि बच्चे को कोई प्रॉब्लम नहीं है।

ग़ुलाम रसूल : प्रॉब्लम तो वैसे भी बच्चे को नहीं नफ़ीसा को है

(ग़ुलाम अचानक अपने आप को रोक लेता है। फिर बात को सँभालता है)...वो होती है ना औरतों को प्रॉब्लम...बेवजह फ़िकर करने की...आप समझ रहे हैं ना?

डॉक्टर कौल : हाँ मैं समझ रहा हूँ...

[डॉक्टर कौल खड़े होकर अपने मोबाइल फ़ोन का नेटवर्क देखने लगते हैं।]

ग़ुलाम रसूल : अँधेरे में फ़ोटो खींच रहे हैं?

डॉक्टर कौल : फ़ोटो नहीं खींच रहा हूँ। नेटवर्क ढूँढ़ रहा हूँ।

ग़ुलाम रसूल : यहाँ तो नहीं आता है टावर पूरे इलाके में...

डॉक्टर कौल : तुम्हारी बीवी फ़ोन क्या लैंडलाइन से कर रही थी?

ग़ुलाम रसूल : नहीं जनाब यहाँ तो लैंडलाइन नहीं है...मोबाइल से कर रही थी...

डॉक्टर कौल : जब पूरे इलाके में नेटवर्क नहीं है तो उसका मोबाइल कैसे चल रहा था?

ग़ुलाम रसूल : वो...वो तो बीएसएनएल है...सरकारी...हमारे कश्मीर में सिर्फ़ सरकारी चीज़ें ही चलती हैं।

डॉक्टर कौल : तुम्हारा फ़ोन तो बीएसएनएल है ना? *(ग़ुलाम हाँ में सर हिलाता है)* तो दो।

[ग़ुलाम अपना फ़ोन डॉक्टर कौल को देता है। फ़ोन देखने पर डॉक्टर कौल को एहसास होता है कि फ़ोन बन्द है।]

ग़ुलाम रसूल : इसका बैटरी मर गया है जनाब *(तेज़ बादलों की गड़गड़ाहट से दोनों का ध्यान बँटता है)* आज मौसम बहुत ख़राब है...अच्छा होता अगर आप ना ही आते।

डॉक्टर कौल : *(लैंप पोस्ट को देखते हुए)* कमाल है...

ग़ुलाम रसूल : क्या हुआ जनाब?

डॉक्टर कौल : इतनी दूर सुनसान बियाबान में है तुम्हारा गाँव...जाने को सड़क नहीं है पर लाइट है।

ग़ुलाम रसूल : लाइट तो है जनाब। वैसे सड़क भी है...पर कच्ची है...तो जब बर्फ़ गिरती है तो बन्द हो जाती है...पाँच महीने के लिए।

डॉक्टर कौल : तो पाँच महीने कितनी दिक़्क़त होती होगी गाँव वालों को?

ग़ुलाम रसूल : क्या दिक़्क़त होगी...अब तो यहाँ कोई रहता नहीं ना। *(डॉक्टर कौल समझ नहीं पाते हैं)* जनाब यहाँ हमला हुआ था...तीन साल पहले...तो आर्मी वालों ने हाथ खड़े कर दिये...बोले, एक तो यहाँ प्रापर रोड नहीं है और छह-सात घरों के लिए चौकी बनाना मुश्किल है...नीचे संगमकुंड है वहाँ बड़ी पुलिस चौकी है...वहाँ बड़ी हिफ़ाज़त मिलेगी...तो सब अपना घर छोड़कर संगमकुंड चले गए...

डॉक्टर कौल : तुम कहना क्या चाह रहे हो...जिस गाँव में तुम मुझे ले जा रहे हो...वहाँ कोई नहीं रहता है?

ग़ुलाम रसूल : नहीं ऐसा मैंने कब कहा जनाब...मैं रहता हूँ...मेरी बीवी रहती है...हमारा बच्चा रहता है।

डॉक्टर कौल : तुम और तुम्हारी फ़ैमली को छोड़कर कोई नहीं रहता है पूरे गाँव में?

ग़ुलाम रसूल : नहीं जनाब अब तो कोई और नहीं रहता है।

डॉक्टर कौल : क्या बात कर रहे हो...वो देखो *(दूरदराज़ घरों की रौशनी की तरफ़ इशारा करते हुए)* वो जो दूर घरों में लाइटें जल रही हैं...वो तुम्हारा ही गाँव है ना?

ग़ुलाम रसूल : हाँ जनाब...वो हमारे गाँव के ही घर हैं।

डॉक्टर कौल : तो अगर तुम्हारे अलावा गाँव में कोई और नहीं रहता तो ये बाक़ी घरों में रौशनी कैसे जल रही है?

ग़ुलाम रसूल : ये बाक़ी घरों की रौशनी? ये हम जलाते हैं जनाब।

डॉक्टर कौल : तुम लोग ख़ाली घरों में रोशनी जलाते हो?

ग़ुलाम रसूल : हाँ जनाब।

डॉक्टर कौल : क्यों?

ग़ुलाम रसूल : इससे ऐसा नहीं लगता ना कि हम अकेले हैं। फिर लोग तो घर छोड़कर भाग गए...तो किसी को तो देखभाल तो करनी पड़ेगी ना...तो हम क्या करते हैं...रौशनी जलाते हैं...सफ़ाई करते हैं...चूल्हा जलाते हैं...हमारे कश्मीर में कहावत है जनाब कि अगर घर में रौशनी ना हो और चूल्हा ना जले तो घर मर जाता है।

डॉक्टर कौल : मैंने पहले कभी ऐसा सोचा नहीं...कि घर भी मर सकता है।

ग़ुलाम रसूल : आजकल कौन सोचता है जनाब। सबको तो अपनी-अपनी पड़ी होती है। देखिए बुजदिल लोग...हमले के डर से घर छोड़कर भाग गए।

[वक़्फ़ा।]

डॉक्टर कौल : ग़ुलाम...ये हमले का ख़तरा तो अब भी होगा ना यहाँ गाँव में?

ग़ुलाम रसूल : हाँ जनाब।

डॉक्टर कौल : तो तुम लोग यहाँ क्यों रहते हो...सब चले गए तो तुम लोग क्यूँ नहीं गए?

ग़ुलाम रसूल : जनाब अगर मेरा बूढ़ा अपाहिज बाप होता...और वो हमले में चल नहीं पाता...तो क्या मैं उसे छोड़कर भाग

जाता ? तो मेरा घर भी तो मेरे बाप जैसा है ना...मुझे पालता है...मेरे बीवी-बच्चे की हिफ़ाज़त करता है...मैं उसे कैसे छोड़ देता ?

[डॉक्टर कौल ग़ुलाम को बस देखते रह जाते हैं।]

[धीमा संगीत और अँधेरा पूरे माहौल को अपनी आग़ोश में समेट लेता है।]

2

घर

[ग़ुलाम रसूल और डॉक्टर कौल घर के पास पहुँचते हैं।]

ग़ुलाम रसूल : जनाब आप तो आगे निकल गए...ये रहा मेरा घर।

डॉक्टर कौल : थैंक गॉड...फ़ाइनली वी आर नियर होम!

[जैसे ही डॉक्टर कौल घर की तरफ़ बढ़ते हैं ग़ुलाम अचानक उनका हाथ थाम लेता है।]

ग़ुलाम रसूल : *(अटपटे ढंग से)* जनाब...मेरा घर आ गया...

डॉक्टर कौल : हाँ तो?

ग़ुलाम रसूल : तो जनाब...मैंने बहुत कोशिश की...मैं तो चाहता था...

[ग़ुलाम रसूल की बात पूरी नहीं हो पाती है क्योंकि तब तक नफ़ीसा घर के बाहर आ चुकी है।]

नफ़ीसा : *(कश्मीरी ज़बान में)* नोईती करतात...जिगरा शू वेने शिंगेत...

ग़ुलाम रसूल : *(ऊँची आवाज़ में)* हाँ हाँ...जनाब वो कह रही है कि जिगरा अभी सो रहा है...

नफ़ीसा : श्श्श्श्श्श्श्श...

ग़ुलाम रसूल : *(धीमी आवाज़ में)* हाँ...हाँ...जनाब आवाज़ को नीचे

रखें...बच्चा उठ जाएगा...*(वक़्फ़ा)* जनाब यही है नफ़ीसा...मेरी मिसेज़...*(नफ़ीसा से)* जनाब...डॉक्टर जनाब...

डॉक्टर कौल : नमस्ते...

नफ़ीसा : सलाम...तशरीफ़ अनियव।

[नफ़ीसा डॉक्टर कौल को घर में आने का इशारा करती है लेकिन जैसे ही डॉक्टर कौल घर में घुसने लगते हैं वो उनका रास्ता रोक देती है।]

नफ़ीसा : पुलहोर।

डॉक्टर कौल : जी?

ग़ुलाम रसूल : जनाब...बाहर के जूते बाहर उतार दीजिए...वो घर के जूते अन्दर दे देगी...

डॉक्टर कौल : ओ...सॉरी?

ग़ुलाम रसूल : कोई बात नहीं जनाब...आपको कैसे मालूम होगा...शहरों में तो ऐसा अदब होता नहीं ना...आइए।

[डॉक्टर अन्दर आते हैं नफ़ीसा सिगड़ी लेने रसोई के अन्दर चली जाती है। ग़ुलाम डॉक्टर कौल का ओवरकोट उतारने में मदद करता है फिर एक शॉल देता है।]

ग़ुलाम रसूल : ये ओढ़ लीजिए जनाब...

डॉक्टर कौल : घर अच्छा है तुम्हारा...

ग़ुलाम रसूल : छोटा है जनाब...पर गर्म है *(बैठने को कुर्सी देता है)* बैठिए जनाब...लीजिए आग लीजिए।

[नफ़ीसा सिगड़ी ला कर रख देती है फिर रसोई में चली जाती है। डॉक्टर कौल जैसे ही आग

सेंकने लगते हैं शॉल सिगड़ी को छू जाती है।]

ग़ुलाम रसूल : जनाब...इसे बचा के...ये अब्बू की आख़िरी निशानी है।

डॉक्टर कौल : सॉरी...ठंड में हाथ-पाँव ठीक से काम ही नहीं कर रहे...

ग़ुलाम रसूल : हाँ जनाब क़यामत की ठंड पड़ी है इस बार कश्मीर में। कल अख़बार में था बर्फ़बारी से तीन मौतें हुई हैं शहर में...गाँव की ख़बर तो अख़बारों तक पहुँचती ही नहीं... *(नफ़ीसा का कहवे के साथ प्रवेश)* जनाब ये कहवा लीजिए...हमारे कश्मीर का ख़ास है ये...पीते ही गर्मी आता है।

[गर्म कहवा डॉक्टर कौल को राहत देता है।]

डॉक्टर कौल : ये तो बहुत अच्छा है...थैंक्यू।

ग़ुलाम रसूल : *(नफ़ीसा से)* जनाब थैंकू बोल रहे हैं तुझे। तू भी बोल दे थैंकू...*(नफ़ीसा शरमा कर जाने लगती है)* शरमाती है जनाब...

नफ़ीसा : *(ग़ुलाम रसूल से)* यमनवान जिगरा शू वेने शिंगेत यमन पैह हना ठरून।

ग़ुलाम रसूल : जनाब वो बोल रही है जिगरा अभी सो गया है तो उसे अभी सोने देते हैं थोड़ी देर...आप कहवा पियो ना...ठंडा हो रहा है...

[कुछ देर की ख़ामोशी। नफ़ीसा ग़ुलाम के पास जाकर फुसफुसा के पूछती है।]

नफ़ीसा : यमन क्या छू नाव?

ग़ुलाम रसूल : जनाब...मैं तो आपका नाम ही पूछना भूल गया।

डॉक्टर कौल : सिद्धान्त...

ग़ुलाम रसूल : सिद्धान्त...इसका कोई मतलब भी होता है?

डॉक्टर कौल : हाँ...सिद्धान्त माने प्रिंसिपल...

ग़ुलाम रसूल : अच्छा...जनाब प्रिंसिपल हैं सकूल के...

डॉक्टर कौल : अरे ये वो वाला प्रिंसिपल नहीं...अगर आप लोगों की ज़बान में कहेंगे तो...उसूल।

नफ़ीसा : अच्छा नाम है।

ग़ुलाम रसूल : जनाब ये कह रही है...अच्छा नाम है आपका...

डॉक्टर कौल : थैंक्यू।

नफ़ीसा : *(अचानक)* थैंकू। *(सबके चेहरे पे एक मुस्कुराहट आ जाती है)* यहँस क्राम क्या छू?

ग़ुलाम रसूल : *(दबी आवाज़ में)* कोई ज़रूरत नहीं है पूछने की... तू जा...

[नफ़ीसा जाने लगती है।]

डॉक्टर कौल : क्या पूछ रही थीं ये?

नफ़ीसा : आप की जात क्या है?

ग़ुलाम रसूल : अरे डॉक्टर की भी कोई जात होती है भला?

डॉक्टर कौल : क्यूँ डॉक्टर की जात क्यूँ नहीं होती...जब सबकी जात होती है तो डॉक्टर की भी जात होती है...मेरा पूरा नाम सिद्धान्त कौल है।

ग़ुलाम रसूल : *(आश्चर्य में)* आप कौल हो...आप तो कश्मीरी निकले...कश्मीरी पंडित...किस इलाके के हो आप?

डॉक्टर कौल : वो मुझे नहीं मालूम।

ग़ुलाम रसूल : ऐसा कैसे जनाब?

डॉक्टर कौल : मेरी पैदाइश यहाँ की नहीं है...दरअसल हमारे दादा जी बहुत साल पहले कश्मीर छोड़कर चले गए थे...

ग़ुलाम रसूल : बहुत साल पहले माने?

डॉक्टर कौल : बहुत साल पहले माने बहुत साल पहले...अंग्रेज़ों के ज़माने में।

ग़ुलाम रसूल : लेकिन कहते हैं हमारे कश्मीर में अंग्रेज़ों के ज़माने में कोई दिक़्क़त नहीं थी।

डॉक्टर कौल : नहीं दिक़्क़त की वजह से नहीं वो पढ़ने गए थे बाहर... बंगाल साइड...

ग़ुलाम रसूल : कलकत्ता ?

डॉक्टर कौल : हाँ कलकत्ता...बस तो वहीं पढ़े-लिखे...वहीं नौकरी कर ली...फिर कभी इधर आना हुआ नहीं...

ग़ुलाम रसूल : ऐसा कैसे जनाब ? आना तो बनता है। कश्मीर घर है अपना...घर छोड़ने का दर्द कैसे बर्दाश्त कर गए वो ?

डॉक्टर कौल : असल में जब दादा जी कलकत्ता में पढ़ रहे थे तब उनकी मुलाकात मेरी दादी से हुई...मेरी दादी वहीं की थी...

ग़ुलाम रसूल : बंगाली थी ?

डॉक्टर कौल : हाँ बंगाली थी...तो दादा जी का उनसे इश्क़ हो गया...दोनों ने शादी कर ली...लेकिन दादा जी के फादर साहब को ये बात मंजूर ना हुई...झगड़ा हो गया...दादा जी के फादर साब ने कहा अपनी सूरत मत दिखाना...दादा जी ने क़सम खा ली कभी लौटकर कश्मीर नहीं आएँगे...वो नहीं आए तो पिताजी का भी आना नहीं हुआ...और पिताजी का भी आना नहीं हुआ। तो मेरा भी आना हो नहीं पाया...

नफ़ीसा : तो आप कश्मीरी नहीं हैं ?

ग़ुलाम रसूल : अरे ये मिक्स हैं...तो क्या दिक़्क़त है...दो-दो जगहें हो जाती हैं पनाह पाने को...बंगाल में दिक़्क़त हो तो कश्मीर चले आओ...कश्मीर में दिक़्क़त हो तो भागकर बंगाल चले जाओ...जनाब आपकी मिसेज़ तो कश्मीरी हैं या वो भी कोई बंगाली बुंगुली हैं...

[डॉक्टर कौल इस बात का कोई जवाब नहीं देते हैं। ख़ामोशी में कहवे का गिलास ख़ाली होता है। नफ़ीसा ख़ाली गिलास ले लेती है।]

डॉक्टर कौल : अब आपका बच्चा कैसा है?

नफ़ीसा : अब तो एकदम ठीक है। आपसे फ़ोन पे जब मैंने बात की, तब से तो एकदम ठीक लग रहा है...बल्कि थोड़ी देर पहले तो वो आराम से सो भी गया...अब तो लग ही नहीं रहा जैसे पहले कभी कुछ हुआ भी था उसे...

ग़ुलाम रसूल : फिर कर दी ना तूने वही बात...ख़्वाहमख़्वाह बुला लिया ना जनाब को इतनी दूर ठंड में...

नफ़ीसा : क्यों जनाब कभी जाते नहीं क्या मरीज़ को देखने उसके घर?

डॉक्टर कौल : अरे नहीं...क्यों नहीं जाते। जब मरीज़ डॉक्टर के पास नहीं आ पाता है, तो हर डॉक्टर जाता है मरीज़ के घर... चलिए आप अपने बच्चे को उठा दीजिए, मैं उसका चेकअप कर लेता हूँ।

[नफ़ीसा सामान रखने रसोई में चली जाती है। ग़ुलाम जल्दी से डॉक्टर कौल से शॉल ले लेता है और वापस ओवरकोट पहनाने की कोशिश करता है।]

ग़ुलाम रसूल : जनाब ये पहन लीजिए नहीं तो बाहर आप को ठंड पकड़ लेगी।

डॉक्टर कौल : बाहर? मतलब हम घर के बाहर जा रहे हैं?

ग़ुलाम रसूल : जी जनाब...चलिए मैं आप को शहर वापस छोड़ आता हूँ।

डॉक्टर कौल : मगर पहले तुम्हारे बच्चे को देख तो लें...

ग़ुलाम रसूल : क्या करेंगे बच्चे को देखकर। उसने कहा ना बच्चा एकदम ठीक है...बाहर तूफ़ान शुरू होनेवाला है...अभी नहीं निकले तो बाद में मुसीबत हो जाएगी।

[ग़ुलाम दरवाज़े तक पहुँच जाता है। तभी नफ़ीसा का कमरे में प्रवेश। अचानक सब थम सा जाता है। नफ़ीसा दोनों को बाहर जाता देखकर आश्चर्य में पड़ जाती है।]

नफ़ीसा : जनाब जा रहे हैं क्या?

डॉक्टर कौल : नहीं...मैं कहीं नहीं जा रहा...

ग़ुलाम रसूल : बाहर बर्फ़ पड़नी शुरू हो गई है ना...तो जनाब कह रहे थे घर छोड़ आओ...

डॉक्टर कौल : अरे...मैंने कब कहा?

नफ़ीसा : जिगरा का इलाज नहीं करेंगे?

ग़ुलाम रसूल : तूने कहा ना जिगरा सो रहा है...

नफ़ीसा : तो? मैं उसको उठा नहीं सकती क्या?

डॉक्टर कौल : हाँ आप उसको उठा दीजिए मैं चेकअप कर लेता हूँ...

ग़ुलाम रसूल : मैं क्या कहता हूँ जनाब...बच्चा ठीक है...कोई दिक़्क़त होगी तो...वैसे कोई दिक़्क़त है नहीं इसे...पर ज़रूरत पड़ी भी तो आप को वापस बुला लेंगे...आपने कहा था ना...आप अभी महीना भर कश्मीर में हो...

डॉक्टर कौल : अरे मैंने कब कहा...मेरी कल फ़्लाइट है...मैं जा रहा हूँ...

ग़ुलाम रसूल : नहीं जनाब आपने कहा था...

नफ़ीसा : तुम नहीं चाहते ना हमारा बच्चा बच जाए?

[अचानक गहरा सन्नाटा माहौल को अपनी गिरफ़्त में ले लेता है।]

ग़ुलाम रसूल : नफ़ीसा...

नफ़ीसा : *(डॉक्टर कौल से)* आपको इन्होंने आने से मना किया था ना? आप यहाँ आना चाहते थे पर इन्होंने रोका था ना आपको यहाँ आने से?

ग़ुलाम रसूल : मैं ऐसा क्यूँ करूँगा...

नफ़ीसा : जिगरा क्या तुम्हारा अपना बच्चा नहीं है?

ग़ुलाम रसूल : तू क्या बक रही है...

नफ़ीसा : *(डॉक्टर कौल से)* पूछिए इनसे...इन्हें क्या लगता है कि जिगरा इनकी औलाद नहीं है? क्या लगता है जब ये काम पे जाते हैं तो मैं गुलछर्रे उड़ाती हूँ इनके पीछे...

ग़ुलाम रसूल : *(चिल्लाकर)* मैंने कब कहा ऐसा...

नफ़ीसा : *(दोगुनी आवाज़ में चिल्लाकर)* तो क्यूँ करते हो हर बार ऐसा...क्यूँ कहा था जनाब नहीं आ सकते...और जब जनाब यहाँ आ गए हैं तो जनाब को जिगरा का इलाज करने क्यूँ नहीं दे रहे...

ग़ुलाम रसूल : *(हताशा से)* क्योंकि वो एक...*(अपनी बात को रोक लेता है। सन्नाटा और भी गहरा हो गया है)*...ठीक है जनाब...जाइए...कर लीजिए जिगरा का इलाज...

[ख़ामोशी। डॉक्टर कौल हतप्रभ से इस माहौल में खड़े हैं।]

नफ़ीसा : आइए जनाब।

[डॉक्टर कौल ख़ामोशी से नफ़ीसा के साथ जिगरा के कमरे की तरफ़ बढ़ जाते हैं।]

3

जिगरा

[एक छोटा साधारण सा कमरा लेकिन ख़ामोशी उसे ख़ास बना रही है। जिगरा तीन साल का बच्चा बिस्तर में सोया हुआ है। डॉक्टर कौल चेकअप करने के लिए उसे गोद में उठाते हैं। कमरे में ख़ामोशी बरक़रार रहती है।

डॉक्टर कौल यक़ीन नहीं कर पा रहे कि जो वो देख रहे हैं वो वाकई में सच है।]

डॉक्टर कौल : क्या है ये...

नफ़ीसा : सब ठीक है ना जनाब...जिगरा ठीक तो है ना?

डॉक्टर कौल : क्या मज़ाक है ये...

[ग़ुलाम कमरे में आ जाता है।]

ग़ुलाम रसूल : क्या हो गया जनाब...

[डॉक्टर कौल बच्चे को उठाकर ग़ुलाम को दिखाते हैं। जिगरा ज़िन्दा बच्चा नहीं बल्कि एक बेजान गुड़िया है।]

डॉक्टर कौल : क्या है ये ग़ुलाम रसूल...

ग़ुलाम रसूल : हमारा बच्चा है जनाब...हमारा बेटा...

नफ़ीसा : ये ठीक तो है ना जनाब?

[डॉक्टर कौल अविश्वास से ग़ुलाम और नफ़ीसा को घूरते रहते हैं। अचानक वो जिगरा को नफ़ीसा के हाथ थमा देते हैं और कमरे से बाहर निकल जाते हैं।

नफ़ीसा : जनाब को क्या हो गया? उन्हें रोको...वो जा रहे हैं...

ग़ुलाम रसूल : तू यहीं रुक...मैं बात करता हूँ जनाब से...

[ग़ुलाम डॉक्टर कौल के पीछे भागकर जाता है। डॉक्टर कौल घर के बाहर निकल गए हैं। ग़ुलाम दौड़कर उनका हाथ पकड़ लेता है।]

ग़ुलाम रसूल : रुक जाइए जनाब...मेरी बात सुनिए...

डॉक्टर कौल : कौन हो तुम लोग...क्या प्लान बनाकर लाए हो मुझे यहाँ...

ग़ुलाम : कोई पिलान नहीं है जनाब...

डॉक्टर कौल : मेरे साथ चालाकी मत करना...मैं पुलिस को बुला लूँगा...

[नफ़ीसा घर के दरवाज़े पे आ जाती है।]

नफ़ीसा : *ये पुलिस की बात क्यों कर रहे हैं?*

ग़ुलाम : *अरे बच्चे की बात कर रहे हैं...तू अन्दर जा...जनाब मैं गाड़ी की चाबी ले के आता हूँ...*

डॉक्टर कौल : *जाओ चाबी ले के आओ तुरन्त...*

[ग़ुलाम नफ़ीसा को ले के घर के अन्दर आ जाता है।]

ग़ुलाम रसूल : मैं समझ गया क्या बात है...

नफ़ीसा : क्या बात है?

ग़ुलाम रसूल : तू नहीं समझेगी...मुझे जनाब से बात करने दे...

नफ़ीसा : कौन सी बात?

ग़ुलाम रसूल : डॉक्टर लोग इलाज से पहले बच्चे के बाप से अकेले में बात करते हैं ना...वही बात करनी है उन्हें मुझसे...

नफ़ीसा : मेरे सामने क्यूँ नहीं हो सकती बात?

ग़ुलाम रसूल : अरे सारी बातें जनानियों के सामने नहीं की जाती हैं...

नफ़ीसा : जनाब को पैसे चाहिए क्या?

ग़ुलाम रसूल : हाँ ऐसा ही कुछ समझ ले...

नफ़ीसा : हम कहाँ से लाएँगे पैसे?

ग़ुलाम रसूल : *(धैर्य खोते हुए)* अरे सारा दिन घुमाया है ना मैंने उन्हें। मेरी तरफ़ निकलते हैं पैसे...पेमेंट में से कटवा दूँगा...तू अन्दर जाकर जिगरा को सँभाल...देख रोज़-रोज़ कहाँ से लाऊँगा मैं डॉक्टर...जा...

[नफ़ीसा को अन्दर भेज कर ग़ुलाम बाहर आता है। डॉक्टर कौल जो लगातार अपने मोबाइल का सिगनल ढूँढ़ने की कोशिश कर रहे हैं ग़ुलाम को बाहर आता देखकर तुरन्त मोबाइल फ़ोन पे किसी से बात करने का नाटक करने लगते हैं।]

डॉक्टर कौल : हाँ...हाँ...जी बड़ी मुश्किल से मिला है सिगनल...जी...मैं श्रीनगर में नहीं हूँ...हम लोग एक हाईवे पे निकले हैं...

ग़ुलाम : कुपवाड़ा वाले...

डॉक्टर कौल : जी कुपवाड़ा हाईवे...कोई ढाई घंटे बाद हमने कार रोकी...जी...वहीं जहाँ एक छोटा सा गाँव है...जहाँ तीन साल पहले हमला हुआ था...नहीं-नहीं...ऐसा नहीं कि

यहाँ कोई रहता नहीं है...हाँ गाँव वैसे तो ख़ाली है पर एक फ़ैमिली अब भी रहती है यहाँ... ग़ुलाम रसूल और उसकी फ़ैमिली...जी ये ग़ुलाम रसूल श्रीनगर में ही टैक्सी चलाता है...

ग़ुलाम : पचविन्जा सिफर छह...

डॉक्टर कौल : क्या...

ग़ुलाम : पचविन्जा सिफर छह...गाड़ी नम्बर है... फ़ाइव फ़ाइव जीरो सिकस

डॉक्टर कौल : गाड़ी नम्बर नोट कर लीजिए... फ़ाइव फ़ाइव जीरो सिक्स...नहीं-नहीं...अभी पुलिस को भेजने की कोई ज़रूरत नहीं है...हाँ अगर मैं अगले दो-ढाई घंटे में श्रीनगर ना पहुँचूँ तो पुलिस ले के आ जाइएगा...और गिरफ़्तार कर लीजिएगा इन लोगों को...*(फ़ोन काट कर ग़ुलाम रसूल से)* चल अब गाड़ी की चाबी निकाल और शहर छोड़कर आ मुझे...

ग़ुलाम : जनाब अल्लाह क़सम मैं थोड़ी देर में चाबी ले आऊँगा...

डॉक्टर कौल : तू चाबी लाया नहीं अभी तक? देख मुझे ऐसा-वैसा मत समझना...ये जिस आदमी से अभी फोन पे बात की ना मैंने जानता है वो कौन था...श्रीनगर का पुलिस कमिश्नर...मैं ढाई घंटे में वापस शहर नहीं पहुँचा ना तो पुलिस आएगी और उठाकर जेल में बन्द कर देगी तुम लोगों को...

ग़ुलाम : जनाब हम ग़रीब लोग हैं...हमने कुछ नहीं किया है...

डॉक्टर कौल : कुछ नहीं किया है? यहाँ क्यूँ ले के आया मुझे...

ग़ुलाम : जनाब हमारा बच्चा...

डॉक्टर कौल : बच्चा!!! ये बच्चा है तेरा?

ग़ुलाम : *(फट पड़ता है)* बच्चा नहीं है डॉल है...*(एक गहरा वक़्फ़ा। ग़ुलाम अपनी आवाज़ धीमी करता है)* ऑटोमैटिक चाइनीज डॉल है जनाब...पर ये बात आप मेरी मिसेज़ को मत बताना...आप नहीं समझोगे एक बिन बच्चे की औरत का क्या ग़म होता है...मैंने तो कितना मना किया था आपको यहाँ आने से...क्या ज़रूरत थी आपको मेरे हाथ से फ़ोन लेकर नफ़ीसा से बोलने की कि मैं डॉक्टर हूँ...बच्चे का इलाज करने आ रहा हूँ...

डॉक्टर कौल : इसमें मेरी ग़लती है?

ग़ुलाम : मेरी भी ग़लती नहीं है जनाब...आपको हामी भरने के बाद जब मैंने कहा कि आप नहीं आ पाएँगे तो ये मुझसे बोली अगर आज जनाब को लेकर मैं नहीं आया तो कुएँ में कूद कर ख़ुदकुशी कर लेगी...तो मैं क्या करता जनाब...आप मेरी जगह होते तो आप क्या करते?

डॉक्टर कौल : एक मिनट...एक मिनट...तुम कह क्या रहे हो मेरी कुछ समझ में नहीं आ रहा है...

ग़ुलाम : जनाब इतनी जल्दी नहीं समझा सकता...बहुत लम्बी कहानी है...जब छोड़ने जाऊँगा, रास्ते में सब समझा दूँगा...अभी बस बच्चे का इलाज कर दो...

डॉक्टर कौल : इलाज?

ग़ुलाम : नाटक कर दो इलाज का...बच्चे की नस-नाड़ी चेक कर दो...बोल दो सब ठीक है...एक-दो गोली-फोली दे दो और वापस चले जाओ...

डॉक्टर कौल : मैं कोई गोलियाँ अपनी जेब में रख के घूमता हूँ...

ग़ुलाम : मैं लाया हूँ ना जनाब...गोली...सूई...गले में लटकाने वाला पाइप जिससे डॉक्टर छाती चेक करते हैं...मैं सब लाया हूँ मेडिकल की दुकान से...नहीं लाता तो इसे

यक़ीन कैसे दिलाता कि आप सचमुच के डॉक्टर हो...

डॉक्टर कौल : क्या बेवक़ूफ़ी है...

ग़ुलाम : जनाब मैं हाथ जोड़ता हूँ। मेरा इतना सा काम कर दो। मेरा घर बच जाएगा...

[ग़ुलाम डॉक्टर कौल के आगे घुटने टेक देता है। डॉक्टर कौल यूँ भी परेशान हैं। उनकी परेशानी और बढ़ जाती है जब नफ़ीसा जिगरा को लेकर बाहर आ जाती है। नफ़ीसा बदहवास बेहाल है।]

नफ़ीसा : *(ज़ार-ज़ार रोते हुए)* जनाब...ऐसा क्यूँ कर रहे हैं आप... फ़ोन पे कितनी तारीफ़ की थी इन्होंने आपकी...कहा था आप ख़ुदा के बन्दे हैं...

डॉक्टर कौल : देखिए आप रोना बन्द करिए...

[नफ़ीसा जिगरा को डॉक्टर कौल के क़दमों में रख देती है।]

नफ़ीसा : मेरा एक ही बच्चा है जनाब...ये मर जाएगा।

डॉक्टर कौल : अरे क्या कर रही हैं आप ये...उठाइए इसे यहाँ से... उठाइए...

[रोती हुई नफ़ीसा, हाथ बाँधे ग़ुलाम क़दमों में जिगरा और अकेलेपन से भरा ये खँडहर गाँव, डॉक्टर कौल को बुरी तरह से विचलित कर देता है।]

नफ़ीसा : इसे बचा लीजिए जनाब...मेरे जिगरा को ज़िन्दगी बक्श दीजिए...

डॉक्टर कौल : अरे उठाइए इसे...ऐसे बर्फ़ में मत लिटाइए...बेचारे को

ठंड लग जाएगी...उठाइए...ठीक है मैं आता हूँ अन्दर... आप प्लीज़ ये सब बन्द करिए...

[नफ़ीसा जिगरा को गोद में उठा लेती है।]

नफ़ीसा : आप आ रहे हैं ना जनाब...

डॉक्टर कौल : हाँ मैं आ रहा हूँ...आप प्लीज़ अन्दर जाइए...

ग़ुलाम रसूल : चल-चल...डॉक्टर जनाब अब इलाज करेंगे जिगरा का...

नफ़ीसा : *(अन्दर जाते हुए)* आप आ रहे हैं ना?

डॉक्टर कौल : अरे...कहा ना आ रहा हूँ...आप अन्दर जाइए...

[नफ़ीसा घर के अन्दर चली जाती है।]

ग़ुलाम : आइए जनाब...

डॉक्टर कौल : पहले तुम इधर आओ...देखो ग़ुलाम...ये नाटक-फाटक जो भी करना है मैं कर दूँगा...पर उसके बाद...

ग़ुलाम : मैं आप को शहर छोड़कर आऊँगा...तुरन्त।

[संगीत। दोनों घर की ओर बढ़ते हैं।]

4

इलाज

[ग़ुलाम रसूल और डॉक्टर कौल घर लौटकर आते हैं।]

डॉक्टर कौल : लाओ वो सामान दिखाओ...

ग़ुलाम : कौन सा सामान?

डॉक्टर कौल : वही जो केमिस्ट की दुकान से लाए थे तुम।

[ग़ुलाम जल्दी से एक बैग डॉक्टर कौल को थमा देता है। डॉक्टर कौल एक-एक कर के सामान निकाल के चेक करते हैं। अन्ततः बैग में से गोभी निकलती है। ग़ुलाम झपट कर उसे ले लेता है।]

ग़ुलाम : ये घर का है...ग़लती से इसमें आ गया।

डॉक्टर कौल : देखो ये सब सामान ले के अन्दर चलो और जब मैं माँगूँ तो एक-एक कर के मुझे देना।

[ग़ुलाम सहमति में सर हिलाता है। दोनों जिगरा के कमरे की तरफ़ बढ़ते हैं। नफ़ीसा पहले से ही दरवाज़े पर इन्तज़ार कर रही है।]

डॉक्टर कौल : आप प्लीज़ अन्दर चलिए मैं आ गया हूँ...

[डॉक्टर कौल बच्चे को उठाते हैं, पर बच्चे की तरह नहीं एक बेजान गुड़िया की तरह।]

नफ़ीसा : अल्लाह...सँभाल के...

डॉक्टर कौल : ठीक है...ठीक है...आप ही पकड़िए इसे...

[डॉक्टर कौल बच्चे को नफ़ीसा के हाथों सौंप देते हैं। ख़ामोशी। डॉक्टर कौल अपना अगला क़दम तय करने में कुछ वक़्त लगाते हैं।]

डॉक्टर कौल : थर्मामीटर देना...*(ग़ुलाम स्टैथेस्कोप पकड़ा देता है। डॉक्टर कौल चिढ़ जाते हैं)* अरे यार तुम्हें थर्मामीटर भी नहीं मालूम क्या? *(बैग में से ख़ुद थर्मामीटर निकाल कर ग़ुलाम को दिखाते हैं)* ये...इसे कहते हैं थर्मामीटर...इससे बुख़ार चेक होता है...

[ग़ुलाम सर हिला के रह जाता है। डॉक्टर जैसे ही थर्मामीटर को जिगरा के मुँह में डालने जाते हैं, उन्हें एहसास होता है कि जिगरा तो गुड़िया है और उसका मुँह बन्द है। थर्मामीटर तो मुँह के अन्दर जा ही नहीं सकता। थोड़ी देर तो उन्हें समझ में ही नहीं आता कि क्या करना चाहिए।]

डॉक्टर कौल : *(नफ़ीसा से)* ज़रा बच्चे की बाँह खोलिए...*(नफ़ीसा जिगरा की बाँह खोल देती है। डॉक्टर कौल थर्मामीटर बगल में रख कर बाँह बन्द कर देते हैं)* ज़रा थोड़ी देर इसकी बाँह ऐसे ही पकड़े रखिएगा।

[ख़ामोशी। इन्तज़ार।]

[डॉक्टर कौल अपने आप को घड़ी की सूई

देखने में व्यस्त रखने की कोशिश करते हैं। अन्ततः इन्तज़ार ख़त्म होता है। डॉक्टर कौल थर्मामीटर निकाल के चेक करते हैं।]

डॉक्टर कौल : नथिंग टु वरी...पेशेंट डजंट हैव फीवर...सो...*(अचानक एहसास होता है कि नफ़ीसा एक लफ्ज़ भी नहीं समझी)* मतलब बुख़ार नहीं है...कुछ नहीं हुआ है इसे...

नफ़ीसा : ऐसे कैसे कुछ नहीं हुआ है...दो दिन से ना हिल रहा है ना डुल रहा है...ना खाना ही खा रहा है...

डॉक्टर कौल : वो सब नॉर्मल है...इस उम्र के बच्चे यही सब करते हैं...बस अब सब हो गया...

[ग़ुलाम अचानक ब्लडप्रैशर नापने वाली मशीन निकाल कर देता है।]

ग़ुलाम : जनाब ये आपने मँगवाया था...

[डॉक्टर कौल घूरकर ग़ुलाम को देखते हैं।]

डॉक्टर कौल : जी...ये मैंने मँगवाया था...और जब मँगवाया है, तो इस्तेमाल तो करना ही चाहिए...*(मशीन ले लेते हैं)* चलिए अब बच्चे का ब्लडप्रैशर भी लगे हाथों चेक कर लेते हैं। *(मशीन का स्ट्रैप बच्चे की बाँह के लिए बहुत बड़ा है। एक और उलझन। डॉक्टर कौल पूरा स्ट्रैप खोल देते हैं)* चलिए बच्चे को इसपे लिटा दीजिए... सोचिए मत लिटाइए...

[नफ़ीसा असमंजस में जिगरा को लिटा देती है। डॉक्टर कौल बच्चे को स्ट्रैप में लपेट देते हैं और ब्लडप्रैशर पम्प दबाने लगते हैं। ये सब डॉक्टर

कौल के लिए बेहद हास्यास्पद है। वो अपनी हँसी नहीं रोक पाते।]

डॉक्टर कौल : ओ गॉड...दिस इज़ रियली जोक...

नफ़ीसा : क्या हुआ...

[डॉक्टर कौल को अपनी ग़लती का एहसास होता है। पर देर हो चुकी है।]

डॉक्टर कौल : क्या...

नफ़ीसा : *(सधी हुई आवाज़ में)* आप हँस क्यूँ रहे हैं?

डॉक्टर कौल : *(बात को सँभालने की कोशिश करते हुए)* कुछ नहीं...मुझे एक जोक याद आ गया था...

नफ़ीसा : जोक?

ग़ुलाम रसूल : चुटकुला...जनाब मुझे बता रहे थे कि इलाज करते वक़्त ये चुटकुले सुनाते हैं...जिससे हँसी-ख़ुशी का माहौल बना रहता है...मरीज़ भी हँसते-हँसते ठीक हो जाता है...जनाब सुनाइए ना चुटकुला...

डॉक्टर कौल : नहीं...कोई ज़रूरत नहीं है...

नफ़ीसा : *(बेहद शक के साथ)* सुनाइए...हमें भी तो पता लगे आप किस बात पे हँस रहे थे।

[वक़्फ़ा।]

डॉक्टर कौल : ज़रूर...*(छोटे से वक़्फ़े के बाद)* एक आदमी था...उसके हाथ में तेरह उँगलियाँ थीं...इनसान के हाथ में दस उँगलियाँ होती हैं पर बेचारे के हाथ में तेरह थीं...तो...वो इलाज कराने डॉक्टर के पास जाता है...पर डॉक्टर से कहे तो कहे कैसे कि डॉक्टर साहब मेरे हाथ में दस नहीं तेरह उँगलियाँ हैं...

ग़ुलाम रसूल : बात है तो बड़े शरम की...आदमी छंगा होता है तो भी

शरम से पानी-पानी हो जाता है...इसकी तो तेरह हैं...फिर क्या होता है...

डॉक्टर कौल : फिर वो डॉक्टर से शरमा के कहता है...डॉक्टर साहब आप की और मेरी कुल मिला के तेइस उँगलियाँ हैं...तो डॉक्टर उससे पूछता है कि भाई तुम्हारे हाथ में क्या सिर्फ़ चार ही उँगलियाँ हैं?

[वक़्फ़ा। ग़ुलाम गिनने के बाद चुटकुला समझ पाता है।]

ग़ुलाम रसूल : ओ लो, डॉक्टर के ख़ुद के हाथ में उन्नीस उँगलियाँ हैं।

[ग़ुलाम रसूल और डॉक्टर कौल ज़ोर से हँसते हैं पर नफ़ीसा नहीं। दोनों की हँसी ख़त्म हो जाती है। ख़ामोशी। नफ़ीसा डॉक्टर कौल को अब भी शक की निगाहों से देख रही है।]

डॉक्टर कौल : तो...अब तो सब हो गया है...

ग़ुलाम रसूल : जनाब आप सूई तो लगा दो...

डॉक्टर कौल : किसे सूई लगा दूँ?

ग़ुलाम रसूल : जिगरा को...अभी सो रहा है ना...तो दवाई मुँह से तो खिला नहीं सकते...तो सूई लगा देते हैं...

नफ़ीसा : हाँ सूई लगाते ही एकदम ठीक हो जाएगा जिगरा...

ग़ुलाम रसूल : इतनी दूर से आए हो जनाब तो सूई तो लगा ही दो...

डॉक्टर कौल : *(चिढ़कर)* हाँ भाई...इनसान दूर से आए तो उसे सूई तो लगानी ही चाहिए...तो ये भी हो ही जाए...

चलिए पलटिए अपने इस बच्चे को...देर मत करिए पलटिए...

[डॉक्टर कौल झटककर इंजेक्शन ग़ुलाम के हाथ से छीन लेते हैं और कठोरता के साथ जिगरा के सूई घोंप देते हैं। नफ़ीसा की चीख़ निकल जाती है।]

नफ़ीसा : *(दर्द के साथ)* या अल्लाह...ज़रा सँभाल के जनाब... छोटा है जिगरा।

[अचानक डॉक्टर कौल को एक ख़ामोशी घेर लेती है। उन्हें एहसास होता है कि उन्होंने ग़लत किया। जिगरा उनके लिए भले ही बेजान गुड़िया हो पर नफ़ीसा का महसूस किया गया दर्द तो असली है।]

डॉक्टर कौल : *(नर्म स्वर में)* सॉरी...अब सब ठीक है...अब आपका बच्चा एकदम ठीक है।

नफ़ीसा : *(अथाह आशा के साथ) जिगरा ठीक हो गया?*

डॉक्टर कौल : *(नफ़ीसा के विश्वास से विचलित हो)* हाँ...मतलब... सब ठीक हो जाएगा।

नफ़ीसा : *(ख़ुश हो)* मेरा जिगरा अब ठीक हो जाएगा...जिगरा पूरी तरह से ठीक हो जाएगा...

[नफ़ीसा जिगरा को छाती से लिपटा लेती है। डॉक्टर कौल के लिए ये सब देखना अब और मुमकिन नहीं है।]

डॉक्टर कौल : तो मैं अब चलूँ...मुझे इजाज़त...

[नफ़ीसा हाथ जोड़कर दुआएँ देती है। उसकी आँखों में आँसू हैं।]

नफ़ीसा : *(भर्राये गले से)* अल्लाह आपको दुनिया की सारी नेमतें दे...आपने मेरे जिगरा को ज़िन्दगी बख़्श दी...

डॉक्टर कौल : आप...आपको भी...ऑल द बैस्ट...अपना ख़याल रखिएगा...मैं चलता हूँ...

[डॉक्टर कौल बाहर चले जाते हैं।]

ग़ुलाम रसूल : मैं जनाब को शहर छोड़कर आता हूँ...तू दरवाज़ा अन्दर से बन्द कर लेना...

[ग़ुलाम घर के बाहर आता है। डॉक्टर कौल भावनात्मक उतार-चढ़ाव से थक चुके हैं। ग़ुलाम हाथ जोड़कर डॉक्टर कौल का अभिनन्दन करता है।]

ग़ुलाम रसूल : जनाब मैं आपका ये एहसान ज़िन्दगी भर नहीं भूलूँगा...आप मेरे लिए ख़ुदा के बन्दे नहीं...ख़ुदा हो...

डॉक्टर कौल : सुनो ग़ुलाम मैं कुछ दवाएँ लिख के दूँगा...नफ़ीसा के लिए...उसे खिलाना...एक डॉक्टर का पता भी बताऊँगा श्रीनगर में...उनके पास इलाज के लिए ले जाना नफ़ीसा को...

ग़ुलाम रसूल : जी जनाब...अब चलते हैं जनाब...तूफ़ान के आसार बढ़ते ही जा रहे हैं...

डॉक्टर कौल : चलो...*(आसपास आख़िरी नज़र देखकर)* ये रात कभी नहीं भूलेगी मुझे...

[जैसे ही दोनों चलने लगते हैं, नफ़ीसा दरवाज़े पे आकर पुकारती है।]

नफ़ीसा : अरे जनाब को रोकिए...

ग़ुलाम रसूल : क्या हो गया?

नफ़ीसा : जनाब को ख़ाली हाथ भेज रहे हैं घर से...रोकिए उन्हें...मैं कुछ ले के आती हूँ...

[नफ़ीसा घर के अन्दर चली जाती है।]

डॉक्टर कौल : अरे मुझे कुछ नहीं चाहिए...

ग़ुलाम रसूल : कैसे कुछ नहीं चाहिए जनाब...आप मेहमान हो...और कश्मीरी के घर से अगर मेहमान ख़ाली हाथ चला जाए तो कुफ्र होता है...आप पाँच मिनट रुको...

डॉक्टर कौल : *(अधीर होते हुए)* अरे चलो ग़ुलाम...तूफ़ान कभी भी शुरू हो जाएगा...

ग़ुलाम रसूल : बस जनाब ये आख़िरी है...घर के अख़रोट दे रही होगी आपको...

[तभी नफ़ीसा रसोई में चिल्लाकर गिर जाती है।]

नफ़ीसा : *(पार्श्व से)* या अल्लाह...

[ग़ुलाम घर की तरफ़ भागता है।]

ग़ुलाम : क्या हुआ नफ़ीसा...

[ग़ुलाम भागकर घर के अन्दर रसोई में जाता है।]

डॉक्टर कौल : *(घबराहट में)* क्या हुआ ग़ुलाम...

ग़ुलाम रसूल : *(पार्श्व से)* मदद जनाब मदद...नफ़ीसा बेहोश हो गई है...

डॉक्टर कौल : *(उलझन में) क्या मज़ाक लगा रखा है तुम लोगों ने...*

ग़ुलाम रसूल : *(भागकर दरवाज़े पे आता है)* ये मज़ाक नहीं है जनाब...मेरा बच्चा नकली है तो क्या हुआ मिसेज़ बिलकुल असली है...वो मर जाएगी जनाब...रहम जनाब रहम...

डॉक्टर कौल : *(पेशोपस में)* शिट...अच्छा रुको आ रहा हूँ...

[डॉक्टर कौल घर की तरफ़ भागते हैं। दूर भेड़ियों के चिल्लाने की आवाज़ रात को और सर्द बना रही है।]

5

नफ़ीसा

[बेहोश नफ़ीसा को ग़ुलाम बेंच पे लिटाता है। डॉक्टर कौल स्टैथस्कोप से हार्ट बीट चेक करते हैं। ग़ुलाम कम्बल लेने जिगरा के कमरे की ओर जाता है। नफ़ीसा की बेहोशी टूटती है।]

नफ़ीसा : *(उठते हुए)* जिगरा...मेरा जिगरा कहाँ है...

[ग़ुलाम जिगरा को ले के आता है।]

ग़ुलाम रसूल : *(चिढ़कर)* ये रहा तेरा जिगरा...डॉक्टर जनाब ने दवाई दी है...अभी सो रहा है...जब दवाई का असर ख़त्म होगा तो उठेगा...अरे तू अपनी फ़िकर कर...जब तू ही नहीं रहेगी तो बच्चे का क्या ख़ाक ख़याल रखेगी...

डॉक्टर कौल : ग़ुलाम एक गिलास पानी लाओ...शक्कर और नमक मिला के...

ग़ुलाम रसूल : *(बड़बड़ाते हुए रसोई में जाता है)* लोगों के छह-छह बच्चे होते हैं वो कैसे पालते हैं...इससे एक नहीं पाला जाता...*(पानी का गिलास डॉक्टर कौल को देते हुए)* लो जनाब पियो...

डॉक्टर कौल : अरे मुझे नहीं इन्हें पिलाओ पानी...

ग़ुलाम रसूल : ले पानी पी...जनाब आप तो डॉक्टर हो...समझाओ

इसको पानी कितना ज़रूरी होता है सेहत के लिए... क्या होगा तेरा जब मैं नहीं रहूँगा...*(नफ़ीसा असहाय नज़रों से देखती है)* अरे कुछ होगा नहीं मुझे...लेकिन अपना ख़याल तो रखा कर...

[ग़ुलाम कुल्हाड़ी उठाकर बाहर जाने लगता है।]

डॉक्टर कौल : ग़ुलाम कहाँ जा रहे हो तुम?

ग़ुलाम रसूल : लकड़ी ख़तम हो गई है...पीछे से ले के आता हूँ।

डॉक्टर कौल : कहाँ लकड़ी लेने जा रहे हो...चलो मुझे शहर छोड़कर आओ अभी...

ग़ुलाम रसूल : अभी कैसे जाओगे...बाहर बर्फ़ का तूफ़ान शुरू हो गया है। घंटे दो घंटे में जब थमेगा तब ले चलूँगा वापस...

[ग़ुलाम घर से बाहर चला जाता है। डॉक्टर कौल उसके पीछे बाहर आते हैं।]

डॉक्टर कौल : ग़ुलाम...ग़ुलाम...

[ग़ुलाम अँधेरे में ग़ायब हो चुका है। भेड़ियों की आवाज़ गूँजती है। डॉक्टर कौल डर के थम जाते हैं। अब घर में अन्दर लौटने के सिवाय कोई और चारा भी नहीं है।

[डॉक्टर कौल घर के अन्दर लौट आते हैं। नफ़ीसा जिगरा में मशगूल है। डॉक्टर कौल कुछ देर तक नफ़ीसा को देखते रहते हैं। जिगरा के बच्चे होने पर नफ़ीसा का यक़ीन वाकई हैरान कर देने वाला है।]

ख़ामोशी।

डॉक्टर कौल : ये...गाँव कितना दूर है यहाँ से?

नफ़ीसा : यही तो गाँव है।

डॉक्टर कौल : नहीं...मैं इस गाँव की नहीं उस गाँव की बात कर रहा हूँ जहाँ सब लोग चले गए हैं।

नफ़ीसा : संगम कुंड...होगा कहीं।

डॉक्टर कौल : *(खिड़की के बाहर देखते हुए)* क्या जगह है...दूर-दूर तक वीराना...ना आदम ना आदम जात...कैसे रहते हैं आप लोग यहाँ अकेले? कभी कोई ज़रूरत आन पड़े तो?

नफ़ीसा : अल्लाह पूरी करता है। उसी ने भेजा ना आपको जब ज़रूरत पड़ी तो...

डॉक्टर कौल : आप लोगों को ऐसी सुनसान जगह पर अकेले नहीं रहना चाहिए...सब लोग चले गए हैं...आप लोग भी चले जाइए...

नफ़ीसा : अगर हम भी चले जाएँगे तो हमारा घर कैसे अकेला रहेगा?

[ख़ामोशी। नफ़ीसा की मासूमियत को देख डॉक्टर कौल नफ़ीसा से गम्भीरता से बात करने का फ़ैसला कर लेते हैं।]

डॉक्टर कौल : देखिए नफ़ीसा जी कभी-कभार अकेले रहने में घर को कोई प्रॉब्लम नहीं होती है...मेरा कहा मानिए आप लोग भी चले जाइए...किसी ऐसी जगह जहाँ और लोग रहते हों...किसी शहर में चले जाइए...जैसे श्रीनगर...बड़ा शहर है...लोग हैं...अच्छे अस्पताल हैं...वहाँ इलाज अच्छे से हो पाएगा ना...

नफ़ीसा : क्यों? आपने तो सूई लगाई है...वो काफ़ी नहीं है क्या?

डॉक्टर कौल : देखिए मैं आपके इस बच्चे की नहीं मैं आपकी बात कर रहा हूँ...वहाँ आपका इलाज अच्छे से हो जाएगा...

नफ़ीसा : मुझे कुछ नहीं हुआ है...बस कभी-कभार चक्कर आते हैं बस...

डॉक्टर कौल : नहीं आप इस तरह से चीज़ों को टालिए नहीं...आपकी प्रॉब्लम कोई बड़ी प्रॉब्लम नहीं है...आजकल हर बीमारी का इलाज हो सकता है...लेकिन अगर आप ऐसे ही देर करती रहेंगी तो बाद में परेशानी बढ़ भी सकती है...

नफ़ीसा : कैसी परेशानी?

डॉक्टर कौल : आप की परेशानी...देखिए नफ़ीसा जी मैं एक डॉक्टर हूँ...मैं क्या ग़लत सलाह दूँगा आपको।

नफ़ीसा : लीजिए इसे पकड़िए ज़रा *(डॉक्टर कौल के हाथ में जिगरा थमा देती है)* ज़रा ध्यान से पकड़िएगा छोटा बच्चा है।

[नफ़ीसा रसोई में चली जाती है। डॉक्टर कौल अवाक् से रह जाते हैं। वो जिगरा को उलट-पलट के देखने लगते हैं कि आख़िर क्या है ऐसा इस गुड़िया में जो नफ़ीसा इसे ज़िन्दा बच्चा माने हुए है।]

नफ़ीसा : *(पार्श्व से)* डॉक्टर होकर आप मेरी परेशानी दूर कर सकते हैं क्या? आपको क्या मालूम मेरी क्या-क्या परेशानियाँ हैं...सुबह चार बजे उठती हूँ मैं...अल्लाह का नाम ले के दिन शुरू होता है मेरा...इनको सुबह

का नाश्ता देने के बाद दोपहर का खाना बाँध के देती हूँ...फिर घर की सफ़ाई...फिर जिगरा की ज़रूरतें...फिर कुएँ से पानी...सबसे मुश्किल काम होता है सर्दियों में कुएँ से पानी निकालना...*(खाना ले के बाहर आती है)* लेकिन मेरा जिगरा बेटा मेरी सारी परेशानियों को दूर कर देता है...

डॉक्टर कौल : थैंक्यू...लेकिन मैं नहीं खाऊँगा...मुझे भूख नहीं है।

नफ़ीसा : नहीं आपके लिए नहीं ये जिगरा के लिए है...

डॉक्टर कौल : लेकिन ये कैसे खाएगा...ये तो...

नफ़ीसा : क्यों?

डॉक्टर कौल : *(बात को सँभालते हुए)* ये तो सो रहा है...तो ये कैसे खाएगा...

नफ़ीसा : हाँ...ठीक है जब उठेगा तो खिलाती हूँ।

डॉक्टर कौल : ज़रूर...क्या खिलाती हैं आप इसे?

नफ़ीसा : रोटी...

डॉक्टर कौल : *(हँस पड़ते हैं)* बच्चे का साइज देखा है आपने...इतने छोटे बच्चे को रोटी जैसी कड़ी चीज़ नहीं...कोई मुलायम गली हुई चीज़ खिलाते हैं...

नफ़ीसा : सुबह से भिगा के रखी थी रोटी दूध में...मुलायम ही है...माँ हूँ इसकी...इतना जानती हूँ।

[ख़ामोशी।]

डॉक्टर कौल : नफ़ीसा जी आपको कभी ऐसा लगता है कि सामने वाला आपकी बात समझ नहीं रहा है?

नफ़ीसा : नहीं...ख़ुदा के फ़ज़ल से ये तो हमारी सब बातें मानते हैं...और जिगरा तो है ही मेरे जिग़र का टुकड़ा...

[नफ़ीसा जिगरा को अपनी गोद में ले लेती है।]

डॉक्टर कौल : नफ़ीसा जी ये चक्कर आप को अक्सर आते हैं ना... मतलब रातों को नींद नहीं आती होगी...घबराहट होती होगी...होती है ना...

नफ़ीसा : घबराहट तो होगी ही...अकेली रहती हूँ सारा-सारा दिन...जिगरा भी अभी छोटा है...और इन्हें तो फ़ुरसत ही नहीं मिलती आप जैसों को कश्मीर घुमाने से।

[वक़्फ़ा।]

डॉक्टर कौल : नफ़ीसा जी आपको कभी ऐसा नहीं लगता कि जो सच है वो शायद सच ना हो।

नफ़ीसा : क्यों...आपको लगता है?

डॉक्टर कौल : *(हड़बड़ा जाते हैं)* नहीं मुझे क्यूँ लगेगा...मुझे तो...

नफ़ीसा : तो मुझे भी क्यूँ लगेगा...जो सच है वो तो सच ही है ना।

डॉक्टर कौल : *(अब सीधे बात पे आते हुए)* आपको लोग दिखते होंगे। (अचानक सन्नाटा) मेरा मतलब ऐसे नहीं है जैसे आप मुझे देख पा रही हैं...या ग़ुलाम रसूल को देखती हैं...आप समझ रही हैं ना मैं क्या कह रहा हूँ...

नफ़ीसा : नहीं...

डॉक्टर कौल : अच्छा मुझे ये बताइए...आपको यहाँ ग़ुलाम रसूल और आपके इस जिगरा को छोड़कर, कोई और दिखाई देता है?

[सन्नाटा और गहरा हो जाता है।]

नफ़ीसा : हाँ।

डॉक्टर कौल : कौन?

नफ़ीसा : बहुत सारे लोग।

डॉक्टर कौल : ये बहुत सारे लोग आपको कहाँ दिखाई देते हैं?

नफ़ीसागुलाम : यहाँ घर में...बाहर गली में...उधर गाँव में...

डॉक्टर कौल : ये बहुत सारे लोग आपको घर में, गली में, गाँव में, कैसे दिखाई देते हैं जबकि यहाँ तो अब कोई रहता नहीं है...सब तो गाँव छोड़कर चले गए।

नफ़ीसा : नहीं-नहीं-नहीं जनाब...जो कमज़र्फ़ थे वो चले गए... बाक़ी सब तो यहीं रहते हैं।

डॉक्टर कौल : *(चौंकते हुए)* बाक़ी लोग? ये बाक़ी लोग कौन हैं?

नफ़ीसा : रूहें!

[पूरा कमरा अब गहरी ख़ामोशी की जकड़ में है। डॉक्टर कौल यक़ीन नहीं कर पा रहे, जो उन्होंने अभी-अभी सुना है।]

नफ़ीसा : रूहें रहती हैं यहाँ। अब मर के भी कोई अपना घर थोड़े ही ना छोड़ देता है। सब यहीं रहते हैं।

डॉक्टर कौल : देखिए नफ़ीसा जी ये भूत-प्रेत कुछ होते नहीं हैं...

नफ़ीसा : *(सख़्त आवाज़ में)* भूत नहीं हैं वो। रूहें हैं। हमारे बुर्ज़ुगों की रूहें। जो यहाँ रहती हैं और हमारी हिफ़ाज़त करती हैं।

डॉक्टर कौल : मैं कैसे समझाऊँ आपको?

नफ़ीसा : मैं समझाती हूँ...अगर हमारे सिवाय यहाँ कोई और नहीं रहता तो बाहर गाँव में बाक़ी घरों में रौशनी कैसे जल रही है...

डॉक्टर कौल : ये रौशनी आप जलाती हैं...ग़ुलाम रसूल जलाता है।

नफ़ीसा : आप अपने पास-पड़ोस के घरों में रौशनी जलाते

फिरते हैं? *(डॉक्टर कौल के पास कोई जवाब नहीं है)* आप कभी किसी पे यक़ीन नहीं करते ना?

डॉक्टर कौल : *(हार मानते हुए)* आप समझ ही नहीं रही हैं...

नफ़ीसा : आप नहीं समझ रहे हैं...क्योंकि आपने देखा नहीं है... अपनी आँखों से देखेंगे तो यक़ीन करेंगे? आइए मैं आपको दिखाती हूँ...आइए...

[नफ़ीसा घर के बाहर निकल जाती है।]

डॉक्टर कौल : *(हड़बड़ाते हुए नफ़ीसा के पीछे जाते हैं)* आप कहाँ जा रही हैं अँधेरे में...बाहर तूफ़ान आने को है...

6

रूहों से मुलाक़ात

[नफ़ीसा एक ओर इशारा करती है।]

नफ़ीसा : वहाँ देखिए...

डॉक्टर कौल : वहाँ तो कोई भी नहीं है...

[नफ़ीसा दूसरी ओर इशारा करती है।]

नफ़ीसा : वहाँ नहीं वहाँ देखिए...

डॉक्टर कौल : वहाँ पर भी कोई नहीं है...

नफ़ीसा : कैसे होगा...रात हो गई है...सब सो रहे हैं...*(दूसरे घरों की तरफ़ उँगली दिखाते हुए)* अब वहाँ देखिए... *(पुकारते हुए) मास ओ बड़ी मास...(हँस के धीमे से)* मास बड़ी सुस्त हैं...देखिएगा पहले मासू आएँगे... वो आ गए...

ग़ुलाम रसूल : *(अँधेरे से निकलते हुए)* क्या हो रहा है?

डॉक्टर कौल : *(चौंककर उछल जाते हैं)* कौन है!!!

नफ़ीसा : अरे कुछ नहीं सब से मिलवा रही हूँ जनाब को...

[वक़्फ़ा। ग़ुलाम अचानक हवा में काल्पनिक चरित्रों से बात करना शुरू कर देता है।]

ग़ुलाम रसूल : अरे मास...ऐ मासू...सलाम मुदस्सर भाई...कैसे हैं आप

लोग? ये...ये डॉक्टर जनाब हैं...आधे कश्मीरी हैं...आधे बंगाली हैं...जिगरा का इलाज करने आए थे...हाँ कर दिया ना इलाज...हाँ सब ठीक है...बिलकुल...रात बहुत हो गई है अब आप सब जाओ...

नफ़ीसा : *(चिल्लाकर)* जा...जा यहाँ से...

ग़ुलाम रसूल : कहाँ जाऊँ?

नफ़ीसा : *(ग़ुलाम के पीछे इशारा करते हुए)* अरे तुम्हें नहीं... इशरत को बोल रही हूँ...तुम्हारे पीछे खड़ी है... *(डॉक्टर कौल से)* जनाब ये इशरत है...इसने कुएँ में कूद कर ख़ुदकुशी कर ली थी...*(काल्पनिक इशरत से)* अरी पागल अब तो बिस्तर पे सोया कर...क्या बर्फ़ में भीगी हुई घूम रही है...

ग़ुलाम रसूल : देख इशरत बात तो एकदम ठीक कह रही है नफ़ीसा... क्या हाल बना रखा है तूने अपना...जा, जा के सो जा...अच्छा ठीक है कुएँ में सो जा के...

नफ़ीसा : क्या बात कर रहे हो कुएँ में कैसे सोयेगी वो?

ग़ुलाम रसूल : *(परेशान होकर)* अरे कुआँ यहाँ से तो ज़्यादा गर्म होगा ना...सोने दे ना जहाँ सोना चाहती है...तू भी ज़िद्दी ये भी ज़िद्दी...चल इशरत तू जा...आराम से उतरना कुएँ में...गिर मत जाना...*(डॉक्टर कौल से)* आप भी अन्दर चलिए जनाब नहीं तो ठंड पकड़ लेगी...

नफ़ीसा : जनाब अब यक़ीन आ गया आपको?

डॉक्टर कौल : *(घबराहट के साथ)* जी मुझे बिलकुल यक़ीन हो गया है...आप जो कह रही हैं वो सही है...ग़ुलाम जो कह रहा है वो सही है...यहाँ जितने लोग हैं सब सही हैं...ग़ुलाम तुम चाबी लाओ गाड़ी की और मुझे शहर छोड़कर आओ...

नफ़ीसा : नहीं जनाब ऐसे कैसे चले जाएँगे आप?

डॉक्टर कौल : *(अधैर्य हो)* क्यों क्या प्रॉब्लम है...आपका बच्चा बीमार था...मैंने इलाज कर दिया...फिर आप बीमार पड़ीं तो मैंने आपका भी इलाज कर दिया...फिर आपने कहा रूहों से मिलो...मैं मिल लिया...अब क्या बचा है...अब जाने दीजिए मुझे...ग़ुलाम तुम मेरी शकल क्या देख रहे हो...चाबी लाओ और मुझे शहर छोड़कर आओ इसी वक़्त...

नफ़ीसा : नहीं जनाब आप नहीं जा सकते...

ग़ुलाम रसूल : अरे नफ़ीसा जाने दे ना जनाब को...

नफ़ीसा : अँधेरे में कैसे जाएँगे जनाब अकेले...रास्ते में कुछ हो गया तो...

ग़ुलाम रसूल : मैं जाऊँगा ना...

नफ़ीसा : जिगरा बीमार है...आज भी चले जाओगे तुम...

डॉक्टर कौल : क्या बहस में लगे हो तुम लोग...ग़ुलाम तुम चाबी लाओ...मैं गाड़ी ड्राइव कर के ख़ुद चला जाऊँगा...कुछ नहीं होगा मुझे...

नफ़ीसा : नहीं जनाब आप समझ नहीं रहे हैं...रास्ता ख़राब है...तूफ़ान चल रहा है...

ग़ुलाम रसूल : बात तो सही कह रही है तू नफ़ीसा...जनाब आप आज रात यहीं रुक जाओ...

डॉक्टर कौल : दिमाग़ ख़राब हो गया है तुम्हारा...

ग़ुलाम रसूल : *(बात काट के)* सोने के कपड़ों की तो कमी नहीं है...आप लाए हैं ना कार में...चल कर ले आते हैं...

डॉक्टर कौल : कौन से कपड़े...

ग़ुलाम रसूल : *(बात को इशारे में समझाते हुए)* अरे आपके कपड़े जो आप श्रीनगर से लाए थे और कार में रखे हैं...मैं चाबी लाता हूँ...कार तक चलते हैं...और कपड़े ले आते हैं...

डॉक्टर कौल : *(बात को समझते हुए)* ओ वो कपड़े...ठीक है...पर मैं चलूँगा कार तक तुम्हारे साथ...

ग़ुलाम रसूल : गप्पें मारते हुए चलेंगे ना...मैं चाबी ले के आता हूँ... *(नफ़ीसा शक की निगाहों से ग़ुलाम को देख रही है)*...अरे अब इन कपड़ों में थोड़े ही ना सोयेंगे जनाब...जनाब बड़े आदमी हैं...और बड़े आदमी बात-बात पे कपड़े बदलते हैं।

[ग़ुलाम चाबी लेने चला जाता है। डॉक्टर कौल अपने फ़ोन से उलझे हैं, इस उम्मीद में कि शायद सिगनल मिल जाए।]

नफ़ीसा : जिगरा उठ नहीं रहा है...

डॉक्टर कौल : जी?

नफ़ीसा : ये उठ नहीं रहा है...

डॉक्टर कौल : हाँ...उठ जाएगा...

नफ़ीसा : ये जब उठे तो इसे कुछ खिला दूँ?

डॉक्टर कौल : हँ? हाँ खिलाइए।

नफ़ीसा : क्या खिलाऊँ?

डॉक्टर कौल : जो भी मन करे खिला दीजिए...

नफ़ीसा : कोई परहेज?

डॉक्टर कौल : नहीं कोई परहेज़ नहीं...

नफ़ीसा : कुछ भी खिला दूँ?

डॉक्टर कौल : हाँ कुछ भी...

नफ़ीसा : गोश्त खिला दूँ?

डॉक्टर कौल : हाँ खिलाइए...

नफ़ीसा : उबाल के कम मसाले का खिलाऊँ?

डॉक्टर कौल : *(चिढ़कर)* अरे उबाल के क्या डीप फ्राई करके खिलाइए...मसाले दबा के डालिए...कोई फ़र्क़

नहीं पड़ता है...*(पुकारकर)* ग़ुलाम चाबी लाओ जल्दी...

ग़ुलाम रसूल : *(चाबी ले के निकलते हुए)* आ गया जनाब।

[नफ़ीसा दौड़कर ग़ुलाम के हाथों से चाबी छीन लेती है।]

नफ़ीसा : *(डॉक्टर कौल की तरफ़ उँगली उठा के)* कौन है ये?

ग़ुलाम रसूल : ये जनाब हैं...डॉक्टर जनाब...

नफ़ीसा : *(गरजकर)* ये डॉक्टर है? इसे तो इतना भी नहीं मालूम कि दूध पीता बच्चा गोश्त नहीं खा सकता...मैंने पूछा तो कहता है, गोश्त खिला दो बच्चे को...ये डॉक्टर नहीं है...इसने मुझे भी बरगलाने की कोशिश की थी...कह रहा था अपना घर छोड़कर शहर जाओ...अपना इलाज करवाओ...ये कोई धोखेबाज़ है...ये हमारे बच्चे का इलाज करने नहीं...कुछ और करने आया था यहाँ...मारने आया है ये यहाँ मेरे जिगरा को...

डॉक्टर कौल : *(ग़ुस्से में नफ़ीसा की तरफ़ बढ़ते हैं)* बन्द कर ये नाटक...एक झापड़ दूँगा सारी ड्रामेबाज़ी धरी रह जाएगी...

[ग़ुलाम डॉक्टर कौल का हाथ पकड़ लेता है। उसकी आवाज़ में चेतावनी के साथ-साथ दरख़्वास्त भी है।]

ग़ुलाम रसूल : नहीं जनाब!

[डॉक्टर कौल रुक जाते हैं। अपने आप को सँभालते हैं।]

डॉक्टर कौल : *(अपने आप को शान्त करते हुए)* सॉरी...आय एम सॉरी...मुझे इनसे इस तरह से बात नहीं करनी चाहिए थी...ग़ुलाम मुझे एक मिनट इनसे बात करने दो...बस एक मिनट...

[ग़ुलाम डॉक्टर कौल का हाथ छोड़ देता है।]

डॉक्टर कौल : *(शान्त स्वर में)* नफ़ीसा जी प्लीज़ गाड़ी की चाबी दे दीजिए...मैं यहाँ किसी का नुकसान करने नहीं आया था...प्लीज़...*(नफ़ीसा हिलती भी नहीं है)* नफ़ीसा जी मैं आख़िरी बार आपसे रिक्वेस्ट कर रहा हूँ चाबी दे दीजिए मैं चुपचाप यहाँ से चला जाऊँगा...*(नफ़ीसा एक क़दम और पीछे हट जाती है। डॉक्टर कौल का ग़ुस्सा बढ़ने लगता है)* अरे आप के बच्चे को कोई ख़तरा नहीं है मुझसे...*(नफ़ीसा चाबी नहीं देती है। डॉक्टर कौल का ग़ुस्सा अब बेकाबू हो गया)* अरे किसी से कोई ख़तरा नहीं है आपके जिगरा को...क्योंकि ये बच्चा है ही नहीं...

[डॉक्टर कौल झटके से जिगरा को नफ़ीसा से छीन लेते हैं। नफ़ीसा चिल्लाती है। ग़ुलाम, जिगरा को डॉक्टर कौल की गिरफ़्त से छुड़ाने की कोशिश करता है।]

नफ़ीसा : हाय मेरा बच्चा!!!

डॉक्टर कौल : *(चिल्लाकर)* ये बच्चा किधर से नज़र आता है तुझे...कहाँ से खाना खिलाती हो इसे...मुँह किधर है इसका...सू सू करता है??? पॉटी करता है???

(ग़ुलाम से) अरे समझाओ इसको...ज़िन्दा बच्चा नहीं है...बेजान है ये...

नफ़ीसा : अल्लाह मेरे बच्चे को मार डाला!!!

[नफ़ीसा एक पत्थर उठा के डॉक्टर कौल के सर पे दे मारती है। डॉक्टर कौल बेजान से ज़मीन पर ढह जाते हैं। शायद दूसरी बार में नफ़ीसा डॉक्टर कौल का सर चकनाचूर कर देती पर तभी ग़ुलाम जिगरा को अपनी गोद में उठाकर चिल्लाता है।]

ग़ुलाम रसूल : *(पूरी ताक़त से चिल्लाकर)* नफ़ीसा हमारा जिगरा ज़िन्दा है...इसने अभी-अभी आँखें खोलीं...मम्मा-पप्पा बोला फिर सो गया...हमारा जिगरा ज़िन्दा है...मैं क़सम खा के कहता हूँ!!!

[नफ़ीसा दौड़ के जिगरा को गले से लगा लेती है और रोने लगती है।]

नफ़ीसा : *जिगरा मेरा बच्चा!!!*

[ग़ुलाम पलटकर ज़मीन पे बेजान पड़े डॉक्टर कौल को देखता है। डर उसे सर्द कर देता है।]

ग़ुलाम रसूल : *(काँपते हुए)* जनाब!!!

नफ़ीसा : *(सर्द आवाज़ में)* अगर मर गया हो तो दफ़ना दो मुर्दे को!!!

[संगीत।]

[भेड़ियों की चिल्लाहट वादी में गूँज रही है। अँधेरा धीमे-धीमे सब कुछ अपनी आग़ोश में ले लेता है।]

[मध्यान्तर।]

अध्याय : दो

7

रूहों का फ़ैसला

[डॉक्टर कौल कराह के उठ जाते हैं। ग़ुलाम उन्हें पानी पिलाता है।]

ग़ुलाम रसूल : पानी पियो जनाब!

[डॉक्टर कौल को एहसास होता है कि वो ज़ख़्मी हैं और एक कुर्सी से बँधे हैं।]

डॉक्टर कौल : ये मुझे बाँधा क्यूँ है?

ग़ुलाम रसूल : पानी पियो जनाब! मैं पिला रहा हूँ ना...

डॉक्टर कौल : *(डर से चिल्लाकर)* मुझे बाँधा क्यूँ है?

नफ़ीसा : *(कमरे में प्रवेश करते हुए)* चिल्ला मत!!! ज़िन्दा रखा है उसी का शुकर मना।

ग़ुलाम रसूल : डॉक्टर जनाब से ऐसे बात मत कर...

नफ़ीसा : डॉक्टर नहीं है ये...जिन्न जिन्नात का साया है इस पर...*(डॉक्टर की ओर मुड़ते हुए)* बता क्यूँ आया था यहाँ...

डॉक्टर कौल : मैं आया था? मैं ख़ुद नहीं आया था ये ले के आया था मुझे।

[नफ़ीसा खींच कर झापड़ मारती है। ग़ुलाम उसे

पकड़ कर रोक लेता है।]

नफ़ीसा : कौन लाया था ये नहीं पूछा है...क्यूँ आया था ये पूछा है...

डॉक्टर कौल : मैं आप के बच्चे का इलाज करने आया था...

नफ़ीसा : ज़हर की सूई लगाई है तूने जिगरा को...

डॉक्टर कौल : वो ज़हर की सूई नहीं है...इट्स वाईटामिन बी कॉम्प्लेक्स फॉर गॉड्स सेक...

ग़ुलाम रसूल : जनाब सही बोल रहे हैं...वो ताकत की सूई है...हर बच्चे को लगाते हैं डॉक्टर जनाब...आते वक़्त रास्ते में पाँच-छह बच्चों को लगाई थी इन्होंने सूई...

नफ़ीसा : या अल्लाह जाने कितने बच्चे रोज़ मारता होगा ये जल्लाद...

डॉक्टर कौल : *(असहाय हो चिल्लाकर)* मैं क्यूँ मारूँगा किसी को... आय एम अ डॉक्टर...अ क्वालीफाइड डॉक्टर...नॉट अ फ़किंग सायकोपैथ...

नफ़ीसा : तो तेरे सूई लगाने के बाद उठ क्यूँ नहीं रहा है जिगरा...

ग़ुलाम रसूल : वो दवाई का असर है...

नफ़ीसा : टोटका किया है क्या इसने तुम पर...या तुम भी यही चाहते हो कि हमारा जिगरा मर जाए।

ग़ुलाम रसूल : मैं तो जानता भी नहीं इन्हें...इन्होंने ही कहा था कि ये एक डॉक्टर हैं और जिगरा का इलाज कर देंगे।

[डॉक्टर कौल सन्न रह जाते हैं। ग़ुलाम की नज़रें माफ़ी माँग रही हैं। इस परिस्थिति में वो या तो अपने आपको बचा सकता था या डॉक्टर कौल को।]

नफ़ीसा : तू ज़हर का तोड़ बता...बता नहीं तो इसी कुर्सी पे टुकड़े-टुकड़े करूँगी तेरे...

डॉक्टर कौल : अरे मैं क्या तोड़ बताऊँ...मैं कैसे उस चीज़ को ज़िन्दा कर दूँ जिसमें जान ही नहीं है...

[नफ़ीसा गरज के कुल्हाड़ी उठा के डॉक्टर कौल को मारने दौड़ती है। ग़ुलाम ऐन वक़्त पे उसे थाम लेता है। नफ़ीसा किसी हिंसक जानवर की तरह है इस वक़्त।]

ग़ुलाम रसूल : नफ़ीसा ये पागल हैं...इन्हें पागलपन के दौरे पड़ते हैं... इन्हें ख़ुद ही पता नहीं होता ये क्या बक रहे हैं...

डॉक्टर कौल : *(चीख़कर)* हाँ मैं पागल हूँ...मुझे पागलपन के दौरे पड़ते हैं...मैं यूँ ही कुछ भी बकता रहता हूँ...मैं पागल हूँ...मैं पागल हूँ...लेकिन जब मैंने जिगरा का इलाज किया था मैं तब पागल नहीं था...जिगरा ठीक है...जिगरा ठीक है...

ग़ुलाम रसूल : जिगरा ठीक है...तू जाकर देख ले...

[नफ़ीसा कुल्हाड़ी फेंक कर जिगरा के कमरे में दौड़कर चली जाती है।]

डॉक्टर कौल : *(थरथराते हुए)* मैंने कुछ नहीं किया है...मेरी कोई ग़लती नहीं है...

ग़ुलाम रसूल : मैं जानता हूँ जनाब...

डॉक्टर कौल : *(गिड़गिड़ाते हुए)* मुझे छोड़ दो ग़ुलाम...ये पागल है...ये मुझे मार देगी...

ग़ुलाम रसूल : आपको कुछ नहीं होगा जनाब...मैं खड़ा हूँ ना यहाँ...अल्लाह की क़सम...कुछ नहीं होने दूँगा मैं आपको...और जनाब नफ़ीसा पागल नहीं है...बस अपने बच्चे से बहुत प्यार करती है वो...

[नफ़ीसा कमरे से बाहर आती है।]

नफ़ीसा : जिगरा उठ नहीं रहा है...

ग़ुलाम रसूल : वो सो रहा है...

नफ़ीसा : तुम चुप रहो मैं इससे बात कर रही हूँ...*(डॉक्टर कौल से)* बता जिगरा उठ क्यूँ नहीं रहा है...

डॉक्टर कौल : वो सो रहा है...

नफ़ीसा : झूठ...

डॉक्टर कौल : नहीं सच...भगवान क़सम...सौरी अल्लाह क़सम...

नफ़ीसा : *(ग़ुलाम रसूल से)* रूहों को बुलाओ...अब वो फ़ैसला करेंगी ये सच बोल रहा है या झूठ...

[सन्नाटा।]

डॉक्टर कौल : ये सब क्या...

नफ़ीसा : *(सख़्त आवाज़ में)* बुलाओ!

[ग़ुलाम ज़मीन में बैठकर इबादत करने लगता है। माहौल रहस्यमय और डरावना हो जाता है।]

ग़ुलाम रसूल : ऐ वादी की रूहों...ये फ़ैसले का वक़्त है...आग़ाज़ करो...*(भागकर बाहर चला जाता है और हवा में बातें करने लगता है)* ऐ मास...ऐ मासू...इशरत...मुदस्सर भाई...सब लोग बाहर आओ...बात करनी है... आओ...आओ...यहाँ बैठ जाओ...ये डॉक्टर जनाब हैं...जिगरा का इलाज करने आए थे...हाँ ज़रूर मास... *(डॉक्टर कौल से)* जनाब मास अस्सलाम वालेकुम बोल रही हैं।

[ख़ामोशी।]

नफ़ीसा : *(सख़्त आवाज़ में)* सुनाई नहीं पड़ा क्या?

डॉक्टर कौल : हँ??? हाँ सुनाई पड़ा ना...

नफ़ीसा : तो जवाब क्यूँ नहीं दे रहे?

डॉक्टर कौल : हाँ...नमस्ते...सलाम...अस्सलाम वालेकुम सलाम...आय मीन...वालेकुम सलाम...

नफ़ीसा : नाम–पता बताओ...

डॉक्टर कौल : मेरा नाम सिद्धान्त कौल है...आय एम एन ऑन्कोलॉजिस्ट ...अ डॉक्टर...अ हकीम...दवाईवाला हकीम जो लोगों को ठीक करता है...

नफ़ीसा : मास ये सच बोल रहा है?

[ख़ामोशी।]

ग़ुलाम रसूल : मास कह रही हैं...ये सच बोल रहे हैं...

नफ़ीसा : ये यहाँ किस मकसद से आया था?

डॉक्टर कौल : मैं आपके बच्चे को बचाने आया था...

ग़ुलाम रसूल : मासू कह रहे हैं...यही सच है...

नफ़ीसा : तो इसने ऐसा क्यूँ कहा कि हमारा बच्चा बेजान है?

[ख़ामोशी।]

ग़ुलाम रसूल : सबका मानना है कि जनाब को पागलपन के दौरे पड़ते हैं...

नफ़ीसा : क्या इसने जिगरा को ज़हर की सूई लगाई है?

डॉक्टर कौल : नफ़ीसा जी मैं क्यूँ किसी को ज़हर की सूई लगाऊँगा... देखिए मैं एक डॉक्टर हूँ...मेरा काम है लोगों की ज़िन्दगी बचाना...उनकी जान लेना नहीं...मैं तो चाहता हूँ कि इस दुनिया के सारे लोग अच्छे हो जाएँ...लेकिन मेरे चाहने से ही तो सब कुछ नहीं हो जाता ना...क्योंकि मैं सिर्फ़ एक डॉक्टर हूँ...ख़ुदा तो नहीं...

ग़ुलाम रसूल : इशरत कह रही है कि जनाब का कहना सही है...इन्होंने तो ख़ुदा के बन्दे का काम किया है...हमारे जिगरा का इलाज कर के...

[ख़ामोशी। नफ़ीसा अब पेशोपस में है।]

नफ़ीसा : लेकिन मैं इसे अभी यहाँ से जाने नहीं दे सकती...इसका काम अभी ख़तम नहीं हुआ है...जिगरा अभी पूरी तरह से ठीक नहीं हुआ है। जब जिगरा ठीक हो जाएगा...मेरी गोद में खेलेगा...मम्मा-पप्पा बोलेगा...तब ये यहाँ से जाएगा...

डॉक्टर कौल : ये क्या पागलपन है...

नफ़ीसा : पागल तो तू ख़ुद है...किसे पागल कह रहा है...

ग़ुलाम रसूल : ए नफ़ीसा मास कह रही है कि जनाब से ऐसे बात मत कर...इन्होंने हमारे जिगरा की जान बचाई है...

नफ़ीसा : जान बचाई है तो उठ क्यूँ नहीं रहा है जिगरा?

डॉक्टर कौल : देखिए मैंने आपको पहले भी कहा था कि दवाई का असर है वो सो रहा है...

नफ़ीसा : कब तक रहेगा दवाई का असर? कब उठेगा जिगरा?

डॉक्टर कौल : वो मुझे नहीं मालूम है...

नफ़ीसा : तूने सूई लगाई है...तू नहीं बता सकता जिगरा कब उठेगा?

डॉक्टर कौल : अरे इंजेक्शन में कहाँ लिखा होता है कि मरीज़ कितने बजे सो के उठेगा...

ग़ुलाम रसूल : अरे जनाब आप बता क्यूँ नहीं देते कितनी देर में उठेगा जिगरा...तीन घंटे...चार घंटे...जितना भी टाइम लगे आप बोल दो...

डॉक्टर कौल : ठीक है...तीन-चार घंटे में उठ जाएगा...

नफ़ीसा : तीन घंटे या चार घंटे?

डॉक्टर कौल : अब इतना फिक्स नहीं होता है नफ़ीसा जी...

ग़ुलाम रसूल : जनाब आप घबराओ मत...ज़्यादा टाइम लगने वाला है तो वो भी बोल दो...कल सुबह तक या दोपहर तक...

डॉक्टर कौल : कल दोपहर तक...गारंटी के साथ...

नफ़ीसा : तो मास...ये भी यहाँ से कल दोपहर ही जाएगा...

ग़ुलाम रसूल : नफ़ीसा...

नफ़ीसा : तुम अन्दर आओ...ठंड पकड़ लेगी...*(डॉक्टर कौल को देखते हुए)* मैं इसके लिए कहवा बना के लाती हूँ...इसकी तबीयत ख़राब नहीं होनी चाहिए।

[नफ़ीसा रसोई में चली जाती है। ग़ुलाम घर के अन्दर आता है।]

ग़ुलाम रसूल : जनाब ड्रिंक लोगे...

डॉक्टर कौल : ड्रिंक?

ग़ुलाम रसूल : थोड़ी राहत मिल जाएगी...पर कहवे में डाल के पियेंगे ...इसको पता चल गया तो बुरा हाल करेगी...आपका तो पहले ही बुरा हाल है...मेरा भी...

[नफ़ीसा कहवा ले के आती है। ख़ामोशी।]

ग़ुलाम रसूल : अब जनाब तो पूरी रात यहीं रुकेंगे। तो खाने के लिए...

नफ़ीसा : लगाती हूँ खाना...

ग़ुलाम रसूल : अरे नहीं...अपना रोज़ का खाना नहीं...जनाब मेहमान हैं हमारे...कुछ ख़ास बना दे इनके वास्ते...गुश्ताबा... जनाब गुश्ताबा खाओगे?

डॉक्टर कौल : मैं कुछ नहीं खाऊँगा मुझे भूक नहीं है...

ग़ुलाम रसूल : जनाब शरमा रहे हैं...बड़ी भूक लगी है इन्हें...तू गुश्ताबा बना दे...

नफ़ीसा : बनाती हूँ...

ग़ुलाम रसूल : बढ़िया बनाना...चाहे जितना भी वक़्त लगे...जनाब भी याद करें नफ़ीसा के हाथ का गुश्ताबा खाया था...

[नफ़ीसा चली जाती है।]

ग़ुलाम रसूल : जनाब आप भी ना...मेर इशारे नहीं समझते हो...खाना किसको है...पीने का टाइम मिल जाता ना...*(शराब की बोतल अल्मारी के पीछे से निकालता है)* ज़रा उधर नज़र रखना कहीं आ ना जाए...

[डॉक्टर कौल रसोई की तरफ़ देखने लगते हैं। ग़ुलाम शराब डालने से पहले अपने कानों को हाथ लगाता है।]

ग़ुलाम रसूल : ख़ुदा का कहर टूटेगा मुझ पर... क़यामत पे मेरे गुनाहों की सज़ा मिलेगी मुझे...पर क़यामत तक जियूँ तो जियूँ कैसे...जब हालात हद से आगे बढ़ जाते हैं तो इसका सहारा लेना ही पड़ता है...स्ट्रांग बनाऊँ या लाइट?

डॉक्टर कौल : मुझे नहीं पीना है कुछ भी...

ग़ुलाम रसूल : पी लो जनाब...ये देसी नहीं है अंग्रेज़ी है...ह्विस्की...

[ग़ुलाम डॉक्टर कौल को पिलाता है फिर ख़ुद पीता है। शराब वाकई दोनों को राहत देती है।]

[एक अकेली बाँसुरी की धुन चारों ओर फैल जाती है। धीमे से अन्धकार छा जाता है।]

8

डॉक्टर कौल का सच

[ग़ुलाम बाँसुरी पे एक लोकगीत ख़त्म करता है।]

ग़ुलाम रसूल : मेरी अम्मी सुनाती थी ये गाना गाकर...पर बड़ा बुरा बजाया मैंने...

नफ़ीसा : नहीं बहुत अच्छा बजाया...

ग़ुलाम रसूल : ये तो मेरी हर चीज़ की तारीफ़ करती है...बहुत प्यार करती है ये मुझसे...*(नफ़ीसा घूरकर देखती है)* जनाब अब आप भी एक गाना सुना दो...

डॉक्टर कौल : मैं?

ग़ुलाम रसूल : सुना दो जनाब...हम अपने ही लोग हैं...

डॉक्टर कौल : कोई ज़रूरत नहीं है...

नफ़ीसा : सुनाइए।

डॉक्टर कौल : देखिए मुझे गाना-वाना नहीं आता है...

नफ़ीसा : कुछ तो याद होगा।

डॉक्टर कौल : *(गाने लगते हैं)* लूटे कोई मन का नगर बन के मेरा साथी...कौन है वो...अपनों में कभी...ऐसा कहीं होता है...ये तो बड़ा धोका है...*(बाक़ी का गाना भूल जाते हैं)* बस मुझे इतना ही याद है...

ग़ुलाम रसूल : बड़ा अच्छा गाया आपने जनाब...

नफ़ीसा : बहुत बुरा गाया।

डॉक्टर कौल : मैंने तो पहले ही कहा था मुझे गाना नहीं आता है...

नफ़ीसा : गाना नहीं आता...पागलपन के दौरे पड़ते हैं...निकाह कैसे हो गया...और हो भी गया तो कैसे झेलती है तुम्हारी बीवी तुमको...

ग़ुलाम रसूल : ऐ नफ़ीसा बस कर...

नफ़ीसा : बच्चे हैं तुम्हारे?

डॉक्टर कौल : नहीं...

नफ़ीसा : रहती क्यों है तुम्हारी बीवी तुम्हारे साथ...

ग़ुलाम रसूल : नफ़ीसा क्या बोले जा रही है तू...

नफ़ीसा : क्यों? औरत ज़िन्दगी दे देती है मर्द को...उसके लिए कुछ नहीं करना चाहिए? ग़लत बात है। ख़ुदगर्ज़ी है ये...*(सन्नाटा)* अम्मी ने पसन्द की थी?

डॉक्टर कौल : क्या?

नफ़ीसा : लड़की...अम्मी ने पसन्द की थी लड़की?

डॉक्टर कौल : नहीं...हम ख़ुद ही मिल लिए थे...

नफ़ीसा : कहाँ?

डॉक्टर कौल : पैरिस में...

ग़ुलाम रसूल : जनाब विलायत में मिले थे आप लोग?

नफ़ीसा : निकाह की बात किसने की?

डॉक्टर कौल : मैंने की थी...मैंने ही पूछ लिया था शादी करोगी मुझसे...

नफ़ीसा : ऐसे ही पूछा था 'शादी करोगी मुझसे?'

डॉक्टर कौल : नहीं...अंग्रेज़ी में बोला था मैंने...

नफ़ीसा : बोलो।

[सन्नाटा। डॉक्टर कौल बेबसी से ग़ुलाम की तरफ़ देखते हैं। वो सर हिला देता है।]

डॉक्टर कौल : इफ़ आय न्यू हाओ टु राइट अ साँग...आय वुड राइट

वन एवरी डे...इट विल से दैट आय एम इन लव विद यू...एंड वाय आय फ़ील दिस वे...*(सन्नाटा)* इसका मतलब होता है...

नफ़ीसा : मतलब समझ में आ गया...आवाज़ से मतलब समझ में आ जाता है...*(अचानक जिगरा को गोद में उठा लेती है)* जिगरा को अभी होश आया था ना? इसके उठने का टाइम हो गया ना?

ग़ुलाम रसूल : *(हड़बड़ाकर)* जनाब ने कहा ना कल दोपहर उठेगा वो...

डॉक्टर कौल : *(घबराकर)* और कल दोपहर का मतलब तो कल दोपहर ही होता है...आज रात थोड़े ही ना होता है...आप बार-बार ये सवाल क्यूँ कर रही हैं मुझसे...आपको क्या लगता है मैंने इलाज ठीक से नहीं किया है आपके बेटे का...किया है...बहुत अच्छे से किया है...मैं मानता हूँ मेरे मुँह से उल्टा-सीधा निकल गया था...क्या करूँ पागल हूँ...दौरा पड़ता है तो कुछ भी बकवास करता हूँ मैं...लेकिन एक बात बता दूँ मैं इलाज करते वक़्त कभी पागल नहीं होता हूँ...बस वैसे पागल रहता हूँ...

नफ़ीसा : बहुत प्यार करती होगी तुम्हारी बीवी तुमसे...तभी तो रहती है एक पागल इनसान के साथ...जाने कैसी होगी बेचारी की ज़िन्दगी?

[ये डॉक्टर कौल के लिए असहनीय हो गया है।]

डॉक्टर कौल : देखिए इस बात में मेरी बीवी को मत घसीटिए और वैसे भी वो अब इस दुनिया में नहीं है...तो उसे बख़्श दीजिए...

[ख़ामोशी।]

ग़ुलाम रसूल : क्या हुआ था उन्हें जनाब?

डॉक्टर कौल : *(मानो एक पुराना ज़ख़्म हरा हो गया हो)* कैंसर था उसे...

ग़ुलाम रसूल : आप तो डॉक्टर हो जनाब...तो आपने... ?

डॉक्टर कौल : *(चिढ़ कर)* मैंने इलाज क्यूँ नहीं किया...मैं तो डॉक्टर हूँ...और डॉक्टर तो सब कर लेता है...तुम्हें तो सब मालूम है...पता भी है कैंसर होता क्या है...इट्स अ ट्यूमर विच किल्स यू विदआउट ऐनी मर्सी...और वैसे भी शी वाज़ इन द लास्ट स्टेज...इलाज से बहुत परे थी वो...

नफ़ीसा : तो यूँ ही जाने दिया? कोशिश भी नहीं की?

डॉक्टर कौल : *(हताशा से थककर)* क्या मिल जाता है लोगों को झूठ को जी कर? अगर कोई उसके बिस्तर के पास खड़ा होकर कहता रहे कि सब ठीक हो जाएगा...तो हो जाता है क्या ठीक? हो गया क्या ठीक? वो सच को जानती थी और मैं सच को जानता था...और मैं कैसे झुठला दूँ सच को...मैं तो ख़ुद एक डॉक्टर हूँ...मेरी तो समझ में नहीं आता लोग झूठ से इतना चिपक के क्यूँ रहते हैं...क्यूँ नहीं समझते सच ही सच है...उसके सिवाय और कुछ सच नहीं है...

नफ़ीसा : सच तो तुम अपने हिसाब से जिगरा के बारे में भी जानते थे...अब पता लगा ना कि जिगरा ठीक हो जाएगा *(सन्नाटा। डॉक्टर कौल के पास कोई जवाब नहीं है)* जिगरा ठीक हो जाएगा ना?

डॉक्टर कौल : *(मुँह फेर लेते हैं)* हाँ ठीक हो जाएगा...

नफ़ीसा : *(सख़्त आवाज़ में)* ऐसे नहीं...मेरी आँखों में देखकर

यक़ीन से बोलो...

डॉक्टर कौल : *(नफ़ीसा की आँखों में देखकर)* हाँ नफ़ीसा जी... आपका जिगरा एकदम ठीक हो जाएगा...

[गहरा सन्नाटा।]

ग़ुलाम रसूल : जनाब आप एक और ड्रिंक लोगे...*(गड़बड़ा जाता है)* कहवा लोगे...स्मॉल?

[ख़ामोशी। नफ़ीसा जिगरा को लेकर कमरे में चली जाती है।]

डॉक्टर कौल : *(अधीर होकर)* ग़ुलाम...

ग़ुलाम रसूल : *(दौड़कर मुँह बन्द कर देता है)* श्श्श्श्श...जनाब धीमे...कहीं वो कुछ सुन ना ले...

डॉक्टर कौल : *(फुसफुसा के)* मुझे छोड़ दे ग़ुलाम...

ग़ुलाम रसूल : मैं छोड़ दूँगा...अल्लाह की क़सम तो खाई है मैंने...

डॉक्टर कौल : क़सम खाई है तो छोड़ क्यूँ नहीं रहा मुझे...

ग़ुलाम रसूल : छोड़ भी दूँगा तो भागकर कैसे जाओगे...चाबी तो उसके क़ब्ज़े में है...आप एक काम करो आप अभी सो जाओ...मतलब नाटक करो सोने का...मैं अन्दर चाबी ढूँढ़ता हूँ...जैसे ही मिलेगी...मौका देखकर आपको भगा दूँगा।

[डॉक्टर कौल सहमति में सर हिलाते हैं। ग़ुलाम जिगरा के कमरे की ओर बढ़ जाता है।]

9

ख़्वाब

[ग़ुलाम कमरे में प्रवेश करता है। नफ़ीसा कपड़े तहा रही है। जिगरा बिस्तर में है।]

ग़ुलाम : *(गाते हुए)* लग जा गले कि फिर ये हसीं रात हो ना हो...

नफ़ीसा : श्श्श्श्श...शोर मत मचाओ...जिगरा सो रहा है।

ग़ुलाम : कितना काम करती है तू ला मैं थोड़ी मदद करवा दूँ तेरी।

[ग़ुलाम कपड़ों के नीचे चाबी ढूँढ़ने लगता है। नफ़ीसा उसे रोक देती है।]

नफ़ीसा : तुम कुछ नहीं करो, वो ही सबसे बड़ी मदद है।

ग़ुलाम : *(अचानक)* हिलना मत...बिलकुल मत हिलना।

[नफ़ीसा हैरानी से जड़ हो जाती है।]

नफ़ीसा : क्या है...*(ग़ुलाम पीछे से उसे आगोश में लेता है और गर्दन पर चूमता है)* क्या कर रहे हो...

ग़ुलाम : मच्छर था गर्दन पर...

नफ़ीसा : तुम भी ना...कहीं पर भी चालू हो जाते हो...

ग़ुलाम : कहीं पर भी कहाँ...घर है मेरा...कोई बस स्टैंड थोड़े ही

ना है...

नफ़ीसा : शरारत बन्द करो...और जिगरा के पास जाकर बैठो...

[नफ़ीसा ग़ुलाम को धक्का देती है। वो हँसता हुआ जिगरा के पास जाकर बैठ जाता है।]

ग़ुलाम : देख जिगरा कैसे मुँह खोलकर सो रहा है...बाहर जनाब भी बिलकुल ऐसे ही सो रहे हैं...तूने एक बात देखी है नफ़ीसा...सोता हुआ हर इनसान एक जैसा लगता है...चाहे छोटा बच्चा हो या बूढ़ा इनसान...सबके चेहरे पे एक जैसा सुकून होता है...जानती है क्यूँ?

नफ़ीसा : हाँ...क्योंकि सोता हुआ इनसान सोचता नहीं है ना... परेशानी तो सोचने से होती है...

ग़ुलाम : देख कितनी ज़हीन है तू...सब समझती है...फिर ख़ुद क्यों सोचती रहती है हर वक़्त...

नफ़ीसा : सोचना पड़ता है...कोई नहीं है हमारा...इतनी बड़ी दुनिया में बिलकुल अकेले हैं हम लोग...जिगरा छोटा है और तुम तो इतने मासूम हो कि आँख बन्द कर के सबपे भरोसा कर लेते हो...तो मुझी को तो सोचना पड़ेगा ना...

ग़ुलाम : हाँ ठीक कह रही है तू...मैं कभी-कभी सोचता हूँ कि लाख-लाख शुकर है अल्लाह का कि तू है मेरे साथ... मेरा ख़याल रखती है...सब सँभालती है...पर जनाब... बेचारे...उनका तो कोई भी नहीं है...कैसे रहते होंगे इतने बड़े शहर में अकेले...

[ख़ामोशी।]

नफ़ीसा : जनाब अपनी बीवी के मरने के बाद पागल हुए होंगे ना...

ग़ुलाम : हाँ अच्छे-भले इनसान थे...बीवी के मरने पे पागल हो गए...

नफ़ीसा : अगर मैं मर जाऊँगी तो तुम भी पागल हो जाओगे? *(अचानक गहरा सन्नाटा छा जाता है। ग़ुलाम असहाय नज़रों से नफ़ीसा को देखता है। उसकी आँखों में आँसू छलक आए हैं। नफ़ीसा उसे दौड़कर गले लगा लेती है)* अरे दिलबरो कुछ नहीं होगा मुझे...मौत भी आई ना तो यहीं काट के गाड़ दूँगी...तुम फ़िकर मत करना...और वैसे भी अब हम ज़्यादा दिन अकेले नहीं रहने वाले... जिगरा बड़ा हो रहा है...जैसे ही ये बड़ा होगा हम इसकी शादी कर देंगे...फिर इसके बच्चे हो जाएँगे...वो जैसे ही बड़े होंगे...हम उनका भी निकाह कर देंगे...

ग़ुलाम : फिर उनके बच्चे हो जाएँगे...वो बड़े होंगे तो उनका भी निकाह कर देंगे...फिर उनके बच्चे...

नफ़ीसा : *(उत्साहित होकर)* हाँ...

ग़ुलाम : *(हँस पड़ता है)* तो इतने सारे लोगों को रखेगी कहाँ तू...

नफ़ीसा : क्यूँ...इतना बड़ा गाँव है हमारा...इतने घर ख़ाली पड़े हैं...वो सब भर जाएँगे...पूरा गाँव आबाद हो जाएगा हमारे ख़ानदान से...फिर देखना...इन ख़ाली घरों में रौशनी रूहें नहीं...ज़िन्दा लोग जलाएँगे...

[आशा से भरी एक लम्बी ख़ामोशी।]

ग़ुलाम : मैं भी उसी दिन की उम्मीद में जी रहा हूँ...

नफ़ीसा : (अचानक चिहुँककर) हो गया सब बर्बाद...तुम्हारी बातों के चक्कर में गुश्ताबा जल गया होगा...

[नफ़ीसा भागकर रसोई में चली जाती है।]

10

सच का सच

[ग़ुलाम लौटकर डॉक्टर कौल के कमरे में आता है। डॉक्टर कौल घूर कर उसे देखते हैं।]

डॉक्टर कौल : ये तू चाबी ढूँढ़ रहा था?

ग़ुलाम रसूल : कोशिश तो कर रहा था जनाब।

डॉक्टर कौल : मेरे साथ चालाकी मत करना ग़ुलाम। तूने क़सम खाई है।

ग़ुलाम रसूल : जनाब मैं चाबी ढूँढ़ रहा था मिली नहीं...जैसे ही मिलेगी मैं आपको छोड़ दूँगा।

[डॉक्टर कौल समझ जाते हैं कि ग़ुलाम झूठ नहीं बोल रहा है।]

डॉक्टर कौल : ग़ुलाम मेरे हाथ खोल दे।

ग़ुलाम रसूल : जनाब वो तो मैं नहीं कर सकता।

डॉक्टर कौल : ग़ुलाम मैं बँधा हुआ हूँ...चोट लगी है मुझे...मैं भागकर कहाँ जाऊँगा...मेरे हाथ खोल दे...बहुत दर्द हो रहा है।

ग़ुलाम रसूल : दर्द हो रहा है तो मैं दबा देता हूँ ना।

[ग़ुलाम डॉक्टर कौल का हाथ दबाता है। थोड़ी राहत।]

ग़ुलाम रसूल : जनाब माफ़ करना मैं नफ़ीसा की कोई बात नहीं टाल सकता...

डॉक्टर कौल : छोड़ दे कोई ज़रूरत नहीं है हाथ दबाने की।

[वक़्फ़ा।]

ग़ुलाम रसूल : जनाब ये जो नफ़ीसा है ना...इसे बहुत तक़लीफ़ों से हो के गुज़रते हुए देखा है मैंने...जब हमारी शादी हुई थी तो मैं तो हैरान ही रह गया था इसे देखकर...मैंने कभी नहीं सोचा था कि कोई इतना ख़ूबसूरत मेरी ज़िन्दगी में आएगा...वो पहाड़ देख रहे हो ना आप...वहीं गई थी मेरी बारात...बड़ी धूमधाम से हुई थी हमारी शादी...पूरा गाँव गया था शादी में...दो-दो बसें करनी पड़ी थीं हमें...क्या माहौल था उस दिन...ख़ूब...नाच-गाना... सारा गाँव नाचा था जनाब...और मुझे भी नचाया था... *(यादों में खोये हुए)* बहुत नाचा था मैं...*(वक़्फ़ा)* सब कुछ ठीक ही था...बस इसे कभी-कभी दौरे पड़ते थे... हकीम को दिखाया तो पता लगा ये दौरे इसे बचपन से पड़ते थे...और ये बात नफ़ीसा के घरवालों ने हमसे छुपाई थी...बस इस बात पर रोज़ झगड़ा होने लगा हमारे घर पे...अम्मी हर वक़्त कोसतीं नफ़ीसा और उसके घरवालों को...सबने कहा नफ़ीसा को तलाक दे के दूसरा निकाह कर ले...पर मैं नहीं माना...मेरे लिए तो वो आज भी उतनी ही ख़ूबसूरत थी जितना मैंने उसे पहली बार देखा था...घर में तो हल्ला मच गया...रोज़ वही चकचक चकचक...फिर एक दिन हम अपना गाँव छोड़ंकर इस गाँव में आ गए...इस गाँव में हमें कोई जानता नहीं था...गुमनामी का भी अपना एक सुकून होता है जनाब *(वक़्फ़ा)* बच्चे की बड़ी आस थी

इसे...पर शहर का डॉक्टर बोला बच्चे की सोचना भी मत...या तो बच्चा मर जाएगा या नफ़ीसा...पर इसने ज़िद पकड़ ली...ज़िद्दी तो है ही...आपने तो देखा ही है...मैंने भी कहा चलो अब सब अल्लाह के भरोसे छोड़ देते हैं...*(एक मुस्कुराहट चेहरे पे आ जाती है)* जानते हैं जनाब जब ये पेट से हुई तो कमाल हो गया...एक दम जादू जैसा...इसे दौरे पड़ने बन्द हो गए...और इसका चेहरा हर वक़्त गुलाबी रहने लगा... उन दिनों इस घर में बस हम रहते थे और मुस्कुराहटें... जनाब वो हमारी ज़िन्दगी के सबसे हसीन दिन थे...*(वक़्फ़ा। मुस्कुराहट धीमे-धीमे ग़ायब हो जाती है)* पर वक़्त की तो आदत है ना दग़ा देना...तीन साल पहले यहाँ हमला हुआ...लड़ाई आर्मीवालों की और जेहादियों की थी...बीच में हम फँस गए...दोनों तरफ़ से गोलियाँ चल रही थीं...मेरी तो कुछ समझ में नहीं आ रहा था...मैं जनाब इसको लेकर भागा...रास्ते में जनाब...इसको ख़ून बहना चालू हो गया...इसकी पूरी सलवार लाल...मैंने इसको बोला...तू हिम्मत रख... हिम्मत रख मैं कुछ नहीं होने दूँगा तुझे...। मैंने उठाया इसे और भागा...अस्पताल पहुँचा...तो...*(गला रुँध जाता है)* तो डॉक्टर बोला...हमारा...हमारा बच्चा मर गया जनाब...*(एक लम्बी दर्द भरी ख़ामोशी)* उसके बाद तो पूछिए मत जनाब...बिलकुल पागल जैसी हो गई थी ये...दिन भर मुझे और डॉक्टरों को कोसती कि क्यूँ बचाया मुझे...रात कोई बच्चा रोता तो बोलती... जिगरा रो रहा है उसे दूध पिलाना है...फिर पता नहीं एक दिन कहाँ से एक गुड्डा उठा लाई...बोली ये हमारा जिगरा है...

[एक लम्बी ख़ामोशी। डॉक्टर कौल भावनात्मक तौर पे हिल गए हैं।]

डॉक्टर कौल : ग़ुलाम उसको इतना भी समझ में नहीं आता है कि ज़िन्दा बच्चा बड़ा होता है?

ग़ुलाम रसूल : जनाब जिगरा बड़ा तो हो रहा है...मैं हर चार जनवरी को... एक नया गुड्डा, पिछले वाले से थोड़ा बड़ा गुड्डा...ला कर इसके सिराहने रख देता हूँ, जब ये सो रही होती है...अगले दिन जिगरा एक साल और बड़ा हो जाता है...हम उसका हैप्पी बर्थडे भी मनाते हैं...अभी पन्द्रह दिन पहले ही तो मनाया था हमने इसका तीसरा हैप्पी बर्थडे...इस साल से तो ये बोलने भी लगा...पर बेचते वक़्त दुकानदार ने साफ़ कहा था, ये चाइना का गुड्डा है...ये बोलेगा, गाएगा, डांस भी करेगा...पर गारंटी कुछ नहीं है, क्योंकि चाइनीज़ है...शुरू-शुरू में तो अटक-अटक कर चल रहा था साला...अब तो वो भी...सोचा था दो-चार दिन में शहर जाकर ठीक कराऊँगा...पर बदक़िस्मती से आप यहाँ आ गए जनाब...

[डॉक्टर कौल हैरानी से ग़ुलाम को देख रहे हैं।]

डॉक्टर कौल : तुम जानते हो ग़ुलाम तुम कर क्या रहे हो?

ग़ुलाम रसूल : जनाब मुझसे बेहतर और कौन जान सकता है...

डॉक्टर कौल : तुम जो कर रहे हो ग़ुलाम वो ठीक नहीं है...ना तुम्हारे लिए ना नफ़ीसा के लिए...क्योंकि नफ़ीसा ठीक नहीं है...

ग़ुलाम रसूल : नहीं जनाब नफ़ीसा ठीक है...

डॉक्टर कौल : क्या ठीक है? तुम्हें दिखाई नहीं देता, शी हैज़ नो होल्ड

ऑन रिऐलिटी...शी कीप्स लिविंग इन अ पैरलल वर्ल्ड...माने...उसको जो होना चाहिए...वो, वो है ही नहीं...

ग़ुलाम रसूल : जनाब आप भी मेरी अम्मी की तरह बात कर रहे हैं...वो भी यही कहती थी नफ़ीसा को ये होना चाहिए ...नफ़ीसा को वो होना चाहिए...क्या, होना चाहिए नफ़ीसा को? और कौन तय करेगा किस को क्या होना चाहिए?

डॉक्टर कौल : देखो ग़ुलाम...

ग़ुलाम रसूल : अब है उसकी कोई ज़रूरत...सबकी होती है...वो लोग जो मज़ारों पे चादरें चढ़ा के मन्नतें माँगते हैं...या आपके मन्दिरों में पत्थरों को नहला-धुलाकर खाना खिला कर, दुख-दर्द सुनाते हैं...आप उनको कहते हो...जाओ जाकर अपना इलाज करवाओ...जब वो लोग नहीं तो मेरी नफ़ीसा क्यूँ जनाब...क्योंकि वो मज़ारों और पत्थरों को नहीं, एक रबड़ की गुड़िया को प्यार करती है...

डॉक्टर कौल : नहीं...इसलिए क्योंकि जो वो जी रही है, वो सच नहीं है...

ग़ुलाम रसूल : तो क्या करेंगे हम ऐसे सच का जो हमको जीने ही ना दे...*(एक लम्बा वक़्फ़ा)* वैसे भी जनाब इस दुनिया के सारे सच यक़ीन पे खड़े होते हैं...आप यक़ीन करके देखो...सच अपने आप बन जाता है...वरना सच...अपने आप में कुछ होता नहीं है।

[ख़ामोशी डॉक्टर कौल को बहुत कुछ सोचने और समझने का मौका देती है। संगीत।]

[नफ़ीसा खाना लेकर आती है। डॉक्टर कौल नफ़ीसा को अब दूसरी नज़र से देख पा रहे हैं। ग़ुलाम डॉक्टर कौल को खाना खिलाता है।]

नफ़ीसा : कैसा बना है?

डॉक्टर कौल : अच्छा बना है...सच में बहुत अच्छा बना है।

[घर अँधेरे की आगोश में चला जाता है। बाहर बड़ा सा चाँद खिल उठा है। हल्की रुई के फाहे सी बर्फ़ गिर रही है।]

11

वापसी

[अँधेरे में बादलों की गड़गड़ाहट। तूफ़ान फिर से शुरू हो गया है।

डॉक्टर कौल थक कर सो गए हैं। ग़ुलाम रसूल का दबे पाँव प्रवेश। डॉक्टर कौल की आँख अचानक खुलती है। इससे पहले कि वो चिल्ला पड़ते, ग़ुलाम उनका मुँह बन्द कर देता है।]

ग़ुलाम रसूल : जनाब चिल्लाना नहीं वो सुन लेगी...मैं आप को खोल रहा हूँ...

[ग़ुलाम डॉक्टर कौल की रस्सी खोल देता है।]

डॉक्टर कौल : तुम मुझे जाने दे रहे हो?

ग़ुलाम रसूल : हाँ जनाब...वो सो रही है...यही मौका है भाग जाओ...

डॉक्टर कौल : शुक्रिया...

ग़ुलाम रसूल : जनाब मैंने अपना वायदा पूरा किया...आप पुलिस को मत बताना ये सब...हम ग़रीब लोग हैं...

डॉक्टर कौल : ग़ुलाम तुम बहुत भले इनसान हो...मेरा वायदा है, मैं कभी किसी को कुछ नहीं बताऊँगा...

ग़ुलाम रसूल : जाओ जनाब...अल्लाह आप को सलामत रखे।

डॉक्टर कौल : (जाते-जाते रुक जाते हैं) पर अगर मैं भाग गया तो

तुम क्या जवाब दोगे नफ़ीसा को? अगर उसे तुम पे शक हो गया तो तुम्हारी ज़िन्दगी तो हराम हो जाएगी...

ग़ुलाम रसूल : *(सोच में पड़ जाता है)* हाँ...मैं क्या जवाब दूँगा उसे? *(अचानक बड़ी टार्च उठा लेता है। डॉक्टर कौल डर जाते हैं)* जनाब मैं मार नहीं रहा...*(टार्च डॉक्टर कौल को थमा देता है)* आप ये मेरे सर पे मार दो...मैं बोलूँगा जनाब मुझे मार कर भाग गए...

डॉक्टर कौल : मार दूँ? अरे तुम्हें चोट लग जाएगी...

ग़ुलाम रसूल : मार दो जनाब...मुझे लगती रहती है...

डॉक्टर कौल : तुम्हें लगती रहती है पर मैं तो नहीं मारता रहता ना लोगों को...मैं किसी को मार-वार के नहीं जाऊँगा...

ग़ुलाम रसूल : आपको नहीं मारना तो ठीक है...आप कुर्सी पे वापस बैठ जाओ मैं बाँध देता हूँ आपको...

डॉक्टर कौल : अच्छा ठीक है...मैं मारता हूँ...पर अपना सर बचाना... *(मारते हैं। ग़ुलाम गिर पड़ता है)* सॉरी... ज़्यादा लग गई हो तो बर्फ़ लगा लेना...सूजन नहीं आएगी...

ग़ुलाम रसूल : आप जाओ जनाब...मैं बेहोश हो रहा हूँ...

[डॉक्टर कौल घर से बाहर भाग जाते हैं। कुछ दूर जाने पे वो रुक जाते हैं।]

डॉक्टर कौल : शिट...

[डॉक्टर कौल दबे पाँव घर लौटते हैं। वो ग़ुलाम को जगाते हैं।]

ग़ुलाम रसूल : आप पागल हो गए हो जनाब...वापस क्यूँ आ गए?

डॉक्टर कौल : चाबी...

ग़ुलाम रसूल : चाबी?

डॉक्टर कौल : गाड़ी की चाबी कहाँ है?

ग़ुलाम रसूल : चाबी तो नहीं है मेरे पास...

डॉक्टर कौल : तो मैं वापस कैसे जाऊँगा?

ग़ुलाम रसूल : टारच दी ना मैंने आपको...

डॉक्टर कौल : तो क्या टार्च पे बैठकर चला जाऊँगा?

ग़ुलाम रसूल : आप पैदल भाग जाओ ना...

डॉक्टर कौल : कैसे भाग जाऊँ? ये जगह इतनी दूर है...रास्ते भी नहीं जानता मैं ठीक से...

ग़ुलाम रसूल : क्या करूँ जनाब?

डॉक्टर कौल : चाबी ढूँढ़ो...घर में ही होगी कहीं...

[दोनों अँधेरे में चाबी ढूँढ़ने लगते हैं। हड़बड़ाहट में कुर्सी ज़मीन पर गिर जाती है। ज़ोर से आवाज़ होने पर नफ़ीसा की आँख खुल जाती है। ग़ुलाम बेहोश होने का बहाना बना के ज़मीन पर गिर जाता है। डॉक्टर कौल भागने की कोशिश करते हैं पर तब तक नफ़ीसा बाहर आ चुकी है। डॉक्टर कौल को भागता देख वो कुल्हाड़ी उठा लेती है।]

[भय से आतंकित डॉक्टर कौल जिगरा के कमरे में घुस जाते हैं। नफ़ीसा पीछा करते हुए अन्दर आती है।]

[डॉक्टर कौल जिगरा को बिस्तर से खींचकर उठा लेते हैं और भारी टार्च उसके सर पे तान देते हैं।]

डॉक्टर कौल : *(हिंसक भाव से चिल्लाकर)* ख़बरदार जो एक क़दम भी बढ़ाया तो...मैं इस बच्चे का सर तोड़ दूँगा...मार डालूँगा मैं इसे...*(नफ़ीसा घबराकर चिल्लाती है)* कुल्हाड़ी फेंक नहीं तो जान ले लूँगा इस बच्चे की मैं।

[नफ़ीसा कुल्हाड़ी फेंक देती है।]

नफ़ीसा : *(दया की भीख माँगते हुए)* मेरे बच्चे को कुछ मत करना...

ग़ुलाम रसूल : जनाब आपको अल्लाह का वास्ता है ऐसा मत करो...

डॉक्टर कौल : *(नफ़ीसा की ओर इशारा कर के)* बाँध इसको नहीं तो चकनाचूर कर दूँगा इस बच्चे का सर मैं...मार डालूँगा...*(नफ़ीसा घबराकर चिल्ला रही है)* बाँध इसे...

नफ़ीसा : *(बदहवास हो)* बाँध दो मुझे...बाँध दो...*(ग़ुलाम उसे बाँध देता है)* अल्लाह के वास्ते मेरे बच्चे को कुछ मत करना...

डॉक्टर कौल : चुप रह तू...सारी रात बकवास सुनी है मैंने तेरी...बच्चे की जान प्यारी है तो एकदम चुप...

ग़ुलाम रसूल : जनाब मैंने बाँध दिया है इसको...अब छोड़ दो मेरे बच्चे को...

[ख़ामोशी। डॉक्टर कौल जिगरा को ग़ुलाम के हाथों सौंप देते हैं।]

ग़ुलाम रसूल : आप जाओ जनाब...इसी वक़्त चले जाओ हमारे घर से फिर लौट के मत आना...जाओ...(डॉक्टर कौल

जाने लगते हैं) पर जनाब जाने से पहले एक बार ये बता के जाओ कि हमारे जिगरा को कुछ नहीं हुआ है...

[डॉक्टर कौल मुड़कर ग़ुलाम को देखते हैं। ग़ुलाम असहाय आँखों से उनकी तरफ़ देख रहा है।]

डॉक्टर कौल : हाँ ग़ुलाम...तुम्हारा जिगरा एकदम ठीक है...

नफ़ीसा : तुम दोनों झूठ बोल रहे हो...*(एक गहरा वक़्फ़ा)* ये साज़िश है...तुम दोनों मिले हुए हो...

ग़ुलाम रसूल : नफ़ीसा...

नफ़ीसा : तुमने इसे जाने दिया...क्योंकि तुम भी नहीं चाहते मेरा जिगरा बच जाए...ये तुम्हारी चाल थी...

ग़ुलाम रसूल : नहीं नफ़ीसा...

नफ़ीसा : तुम इसे यहाँ से ज़िन्दा जाने दे रहे हो...ये सबूत है इस बात का कि तुम इससे मिले हुए हो...

ग़ुलाम रसूल : तू ग़लत समझ रही है नफ़ीसा...मैं समझा सकता हूँ...

डॉक्टर कौल : कोई फ़ायदा नहीं है ग़ुलाम...ये सब समझ गई है...

[गहरी ख़ामोशी। नफ़ीसा आहत नज़रों से ग़ुलाम को देखती है।]

नफ़ीसा : तो ये सच है?

ग़ुलाम रसूल : नहीं नफ़ीसा...

नफ़ीसा : क्यूँ किया तुमने ऐसा?

ग़ुलाम रसूल : मैंने कुछ नहीं किया है नफ़ीसा...मैं तो बस इतना चाहता था कि तू ख़ुश रहे...

नफ़ीसा : कैसे? मेरे जिगरा को मार के?

ग़ुलाम रसूल : नहीं नफ़ीसा...जिगरा मरेगा नहीं...मैं उसे कभी मरने नहीं दूँगा...अल्लाह क़सम...

नफ़ीसा : अल्लाह तुम्हें कभी माफ़ नहीं करेगा...मेरे बच्चे के ख़ून से रँगे हैं तुम्हारे हाथ...

डॉक्टर कौल : बस बहुत हुआ ग़ुलाम...ये क़िस्सा अब यहीं ख़त्म होना चाहिए...लाओ ये बच्चा मेरे हवाले कर दो...

नफ़ीसा : नहीं...मेरे बच्चे को इसको मत देना...मेरे बच्चे को मार डालेगा ये...

डॉक्टर कौल : ग़ुलाम...ये बच्चा मेरे हवाले कर दो...मैं सब ठीक कर दूँगा...मेरा यक़ीन करो...।

[ग़ुलाम जिगरा को डॉक्टर कौल के हाथों सौंप देता है।]

नफ़ीसा : कैसे बाप हो...अपनी औलाद को एक जल्लाद के हाथों सौंप रहे हो...।

[डॉक्टर कौल जिगरा को रसोई में ले जाते हैं और टार्च से उसके सर पे प्रहार करते हैं।]

अन्धकार।

[अँधेरे में नफ़ीसा की चीख़ गूँजती है।]

नफ़ीसा : *(अन्तर्नाद)* या अल्लाह...मेरे बच्चे को मार डाला...

[अँधेरी ख़ामोशी में सिर्फ़ नफ़ीसा की सिसकियाँ सुनाई दे रही हैं।]

[प्रकाश।]

[डॉक्टर कौल कमरे में प्रवेश करते हैं। जिगरा उनके हाथ में बेजान सा झूल रहा है। डॉक्टर कौल बेहद थक चुके हैं। वो जिगरा को नफ़ीसा के सामने लाते हैं।]

[अचानक जिगरा हिलता है। बच्चे की किलकारी पूरे माहौल में गूँज जाती है। जिगरा फिर से ज़िन्दा हो उठा है।]

[संगीत।]

[नफ़ीसा ख़ुशी से हँस रही है। आँसू उसकी आँखों से बरबस बह रहे हैं।]

[डॉक्टर कौल जिगरा को माँ की गोद में रख देते हैं और नफ़ीसा को आज़ाद कर देते हैं।]

[ग़ुलाम झुककर डॉक्टर कौल का हाथ चूमता है। डॉक्टर कौल इन सब को देखते हैं और चले जाते हैं।]

डॉक्टर कौल : *(दर्शकों से मुख़ातिब हो)* मैं ग़लत था...नफ़ीसा और ग़ुलाम सही थे...जिगरा सेच में एक जीता-जागता बच्चा था...क्योंकि अगर वो ज़िन्दा ना होता तो ये दो ज़िन्दगियाँ कैसे ज़िन्दा रहतीं...वैसे भी ग़ुलाम रसूल ने ठीक ही कहा था...इस दुनिया के सारे सच यक़ीन पर खड़े होते हैं...आप यक़ीन करके देखिए...सच अपने

आप बन जाता है...वरना सच...अपने आप में कुछ होता नहीं है।

[डॉक्टर कौल पलट कर एक आख़िरी बार ग़ुलाम और नफ़ीसा के घर की ओर देखते हैं। ग़ुलाम और नफ़ीसा अपने जिगरा के साथ दरवाज़े पर खड़े हैं। वो मुस्कुराकर डॉक्टर कौल का अभिनन्दन करते हैं। डॉक्टर कौल मुस्कुराकर हाथ हिलाते हैं।]

[अलविदा।]